Ella Smoke

Die dunkelste Vorstellung

INHALTSVERZEICHNIS

VORWORT

Liebe Leser*innenschaft,

dies ist eine Geschichte, die nahe an der Wahrheit liegt, aber dennoch frei erfunden ist. Auch die hier beschriebene Version der Stadt London ist fiktiv, wie die Ereignisse und Personen.

Die Geschichte von Grace ist lange dunkel, denn dies ist eine Dark Fantasy-Geschichte.

Am Ende dieses Buches findet ihr die dazugehörigen Content Notes.

GESTERN, SPÄTER NACHMITTAG

EINGEHOLT

Der Himmel hatte es zuerst gewusst. Er beweinte die Straßen Londons mit dem grauen Regen, der die Stadt in ihr bekanntes Grau färbte.

Es sollte einer der schlimmsten Tage meines Lebens werden, dabei begann jener schicksalhafte Nachmittag im 26. Fortschrittszeitalter recht vielversprechend.

Ich fühlte mich wild, als ich mit aufgespanntem Regenschirm vor dem Universitätseingang stand.

Meine Sinne waren geschärft, denn noch nie zuvor hatte ich mich in den Stadtkern Londons gewagt.

Die innere Stadt war so, wie man es erwartete: überfüllt, laut und voller Menschen. Unter ihnen fiel ich nicht auf, ja, London war wirklich ein idealer Ort für mich. Aber ich beobachtete jede Person, die an mir vorbeiging. Ich schob diese Übervorsicht auf meine Nervosität. Schließlich schrieb man sich nicht alle Tage an einer Universität ein. Ich trug dafür meine schönsten Gewänder: mein weißes, Spitzenkleid, das mir bis zu den Knöcheln ging, und darüber eine graue Strickjacke und meine schwarzen Schnürstiefel.

Alles sollte an diesem Tag perfekt laufen. Und nichts sollte mich davon abhalten, die Universität zu betreten und …

Aus meinem Umhängetäschchen begann es verdächtig zu dampfen.

Eine kleine, runde Nase aus Blech schaute heraus. Aus dieser erklang ein nervöses Pfeifen, das an einen überkochenden Teekessel auf dem Herd erinnerte. Das Allerletzte, was ich jetzt gebrauchen konnte, war Aufmerksamkeit. „Oh nein, nicht doch“, seufzte ich. Rasch öffnete ich meine Tasche.

Zum Vorschein kam nun das ganze Köpfchen meines tierischen Wegbegleiters. Klick-Luck, mein mechanischer, fellloser Dackel mit Schlappohren. Mein bester Freund, der mir niemals von meiner Seite wich. Mit jeder Bewegung, die er machte, klickte er wie ein Uhrwerk und so hatte ich ihm den Namen Klick-Luck gegeben. Aber auch, weil er für mich eines war: klickendes Glück.

Zu meiner Überraschung ließ er sich nicht ins Innere der Tasche zurücktauchen und stieß weiterhin Dampf aus der Schnauze.

„Was ist denn nur los mit dir?“, fragte ich stirnrunzelnd. So etwas machte er nur, wenn ihn etwas beunruhigte.

Vielleicht hatte er die Menge an Leuten entdeckt, die vorbei an uns in die Universität strömten.

Manchmal machten Klick-Luck zu viele Menschen auf einmal furchtbar nervös.

Schon ein paar Leute drehten sich nach uns um, also hob ich ihn aus seinem Täschchen, das ich eigens für ihn gestrickt hatte. Dabei strampelte er mit seinen drei ohnehin schon kurzen Beinchen, während sein linkes Hinterbein sich kaum mitbewegte, da die Hälfte davon fehlte.

Bevor wir einander gefunden hatten, war Klick-Lucks Leben mit großer Wahrscheinlichkeit kein einfaches gewesen.

Die Geschichte dahinter war wohl das Schicksal jeder mechanischen Fellnase, die wegen eines Defekts einfach wegegeben wurde, doch meine Kupferschnauze war mehr als nur ein Gerät oder Ding, er war mein Hund, ein Lebewesen!

Behutsam zog ich ihn in meine Arme und legte meine Stirn an die seine.

Ich hab dich lieb, alles ist gut, hieß das bei uns.

Klick-Luck öffnete daraufhin sein Maul. Wenn er das tat, lächelte er. Schließlich hörte er auf zu pfeifen und zu dampfen und hüpfte sogar freiwillig in den Beutel und verhielt sich wieder ruhig.

Noch einmal ließ ich meinen Blick über die belebte Straße schweifen. Dann zog ich meinen tief sitzenden Hut noch weiter ins Gesicht und betrat das Universitätsgebäude.

Schon in der Vorhalle schlug mir der Geruch von Pergament und alten Büchern entgegen.

Es roch nach Wissen aus Tinte und Pergament, das verschlungen werden wollte.

Ich senkte meinen Blick, denn es wimmelte nur so vor neugierigen Augenpaaren. Die Halle war voller Menschen. Und sie alle konnten nicht unterschiedlicher gekleidet sein.

Manche trugen bunt zusammengewürfelte Kleider, mit Zahnrädern gespickte Lederjacken und Zylinder, und dann gab es auch Menschen, die Perlen auf ihren Blusen, Röcken und Mänteln trugen.

Das waren Menschen, die einer höheren Gehaltsklasse angehörten.

Und sie alle unterhielten sich. Miteinander! Ein ungewöhnliches Bild für Londons Gesellschaft, deren Kluft zwischen Arm und Reich selbst Jahre nach dem Krieg immer noch recht groß war. Doch diese Universität stand für neue, mutige Werte und das war zu spüren. Herkunft und Geld spielten hier keine Rolle. Die Universität stand für jeden offen und kostete nichts. Hier war jeder Mensch willkommen. Respekt und Toleranz wurden großgeschrieben.

Dies war mein vielleicht wichtigster Grund, warum ich hier studieren wollte. Die Universität war eine Freundin der Moderne und des Fortschritts und das Wissen hier war kostenlos, doch sie verlangte dafür Ehrgeiz und Fleiß.

Auf dem Weg zum Sekretariat fiel mir noch etwas auf. Die meisten jungen Leute wurden von ihren Eltern begleitet.

Der Tag, an dem man sich das erste Mal an eine Universität einschrieb, war ein besonderer und wurde in den meisten Familien groß zelebriert. Und viele wollten diesen wichtigen Moment ihrer Kinder miterleben.

Der Anblick der stolzen Mütter und Väter versetzte mir einen Stich.

Mein Papa wäre sicher gerne dabei gewesen. Auch er hatte einst an dieser Universität studiert. Seit ich Kind gewesen war, hatte er von dieser Bildungseinrichtung geschwärmt. Und jetzt war ich endlich hier.

Er war ein talentierter Erfinder gewesen, mein Papa. Ein leidenschaftlicher Tüftler. Ich bedauerte es, keines seiner Erfinderstücke zu haben. Nicht eine einzige Schraube besaß ich mehr von ihm.

Ich ging auf das Sekretariat zu und musste auch nicht lange anstehen. Die Sekretärin, eine grauhaarige Dame mittleren Alters, fertigte flott und gekonnt ab. Und schon war ich an der Reihe.

Ich griff meinen Hut und rückte ihn nach oben, damit man mich sehen konnte. Sie sah auf und lächelte mich an, wie alle anderen hier auch. Das Gefühl, willkommen zu sein, breitete sich in mir aus. „Euer Name, Miss?“, fragte sie mich.

„Grace“, antwortete ich schüchtern. „Grace Talbot.“ Meine Eltern gaben mir den Namen, weil ich meine viel zu frühe Geburt überstanden hatte. Mutter Natur hätte Gnade walten lassen und mich leben lassen. Deswegen der Name Grace, Grace wie die Gnade.

Die Sekretärin griff nach einem Stapel an Formularen und hielt mir ein Schriftstück entgegen.

Mir wurde augenblicklich heiß. Mein Herz pochte so laut, dass ich glaubte, sie könnte es hören.

Ich streckte meine Hand danach aus.

„Kind, du bist zu sensibel. Du weißt nicht, was du dir da antust. Auf der Uni wirst du untergehen." In die Stirn meiner Mutter gruben sich tiefe Sorgenfalten. Ihre Hände legten sich besorgt und nahezu stoisch auf meine.

Ich stockte mitten in der Bewegung.

„Miss Talbot? Ihr Formular …", fragte die Sekretärin irritiert. Sie hielt es mir immer noch entgegen und wedelte mit ihrem Arm. „Miss, Ihre Anmeldung?"

Doch ich rührte mich nicht. Ich stand nur da und lauschte dem Echo der Vergangenheit.

„Tu dir das nicht an", hallte die Stimme meiner Mutter nach.

Was, wenn sie doch recht hatte? Ich kannte in dieser Stadt noch niemanden, seit ich hergekommen war. Und in dieser Universität wimmelte es von vielen Leuten. Etwas, wovor mich meine Mutter in den letzten Jahren ferngehalten hatte. Vielleicht hatte sie ja doch nicht unrecht und ich gehörte nicht hier her?

Ich wusste nicht, ob ich das hier konnte …

„Miss?", fragte mich die Sekretärin erneut.

Ich machte zwei Schritte rückwärts. Dann stieß ich mit jemandem hart zusammen. „Oh, verzeih-" Mir blieb der Satz im Hals stecken, als ich sah, mit wem ich zusammengeprallt war.

Oh, bei Mutter Natur, nein!

Es war Lord Robert. Mein Onkel. Doch ich vermied es, ihn so zu nennen.

Er hatte mich gefunden und ich konnte mich vor Schreck nicht rühren. Denn seine Hand legte sich schmerzlich fest um meinen Nacken. „Entschuldigt uns", flötete er der Sekretärin zu, ehe er mich so aus dem Gebäude bugsierte. Mein Schirm lag noch beim Sekretariat, doch immerhin nieselte es nur noch. Aber ich fühlte mich wie von einem kalten Regen überrascht.

Lord Robert war stets darauf bedacht, gepflegt auszusehen.

Erhatte sich seinen Spitzbart abrasiert, seine Haare samt Schnurrbart waren in Form gebracht und der Duft seines teuren Gesichtswassers stieg mir in die Nase. Sein breiter Zylinder, wie aus schwarzem Lack gegossen, hing ihm tief ins Gesicht. So als wollte er nicht erkannt werden.

Er war in seinen Vierzigern und geradezu in Bestform, könnte man sagen. Sein überstark wirkender Oberkörper zeichnete sich unter seinem beigen Mantel ab, den er über seinem schneeweißen Jackett mit aufgestickten strahlenden Perlen trug. In der linken Hosentasche hing seine neueste Pfeife.

Er schien immer noch hart zu trainieren, um die nächsten Jahre weiterhin in Form zu bleiben. Schließlich kandidierte er bald für das Amt des Bürgermeisters in Dover. Für viele war er ein Goldjunge, ein Gewinner und ein äußerst beliebter Junggeselle. Für mich aber war er der Mensch gewordene Teufel im maßgeschneiderten Schafspelz.

Ich wusste, was jetzt auf mich zukam. Schon lange bevor er seine vermaledeite Klappe aufmachte und es mir mit einem breiten Grinsen ins Ohr raunte und dabei frohlockend lachte. Für mich war nichts witzig, denn für mich war es bitterer Ernst.

Ich war noch kein halbes Jahr vor ihm geflohen, da hatte er mich schon für seine verabscheuungswürdigen und ehrlosen Zwecke geholt.

Ich erinnerte mich noch genau, wann er das erste Mal von diesen gesprochen hatte …

11 JAHRE ZUVOR

ZIRKUSKIND

Es war seltsam. Immer wenn Papa auf Reisen war, kam manchmal mein Onkel, der Bruder meiner Mutter, zu Besuch. So wie auch an diesem Abend. Die Sterne standen schon am Himmel und ich lag bereits umgezogen im Bett, als meine Mutter nach mir rief. Ich ging nach unten in unsere Küche, wo man mich bereits erwartete.

Meine Mutter saß neben dem Kamin. Wie immer hatte sie ihr schwarzes Haar zu einem strengen Knoten gebunden. Keine einzige Strähne umrahmte ihr dünnes Gesicht. Sie trug ihr bestes Kleid mit einer sauberen Schürze. Und etwas stimmte nicht. Sie lächelte verschmitzt. Doch dann erblickte sie mich und ihre Augen wurden kalt. „Begrüß deinen Onkel, Kind!", sagte sie barsch. Zu ihrer Rechten saß ihr älterer Bruder, dem ihr Lächeln gegolten hatte. Das tat sie sonst bei niemandem, nicht mal bei Papa, den sie liebte. Nur bei Onkel Robert.

Ich fand meinen Onkel interessant. Er kleidete sich immer vornehm und hübsch. Er saß vor uns und sah aus wie auf den Fotos in den Zeitungen, in denen er wichtigen Leuten in Anzügen und Krawatten die Hände schüttelte. Und jetzt trug er sogar schon Perlen, die für einen gewissen Reichtum standen. Die bekam man nicht so leicht, erst, wenn man ganz viel gearbeitet hatte. In unserem Dorf gab es nur Leute, die Arbeitskleidung und Trägerhosen trugen, nie funkelnde Perlen oder Schmuck. Mein Onkel wohnte in einem reicheren Viertel Dovers. Ich war also voller Vorfreude, nach langer Zeit wieder auf ihn zu treffen, und ich war auch ein wenig neugierig, was er mir erzählen würde.

Meine Eltern und ich lebten sehr zurückgezogen. Außer uns dreien gab es niemanden und nur selten suchten sie Kontakt zu anderen. Selbst Unterricht erhielt ich von Mutter und Papa. Der große Krieg vor vielen Jahren wirkte immer noch nach. Viele Bürger des Empires lebten am Existenzminimum, wir kamen gut über die Runden, aber eine Schule zu besuchen, war doch zu teuer.

Es war schon etwas länger her, dass ich meinen Onkel das letzte Mal gesehen hatte. Denn immer, wenn er kam, schickten meine Eltern mich zuvor zu Bett oder ich war mit meinem Papa auf Reisen.

Heute war es anders.

„Hallo, Onkel", sagte ich schüchtern und machte einen tiefen Knicks. Erstens um ihn ein klein wenig zu beeindrucken und zweitens weil es sich für entferntere Verwandte so schickte.

Mein Onkel verstummte augenblicklich und musterte mich von oben bis unten. „Guten Tag", sagte er nun freundlich, doch er nahm mich nicht in die Arme, so wie ich es in Erinnerung hatte.

„Interessant", sagte er meiner Mutter zugewandt. „Eindeutig die Tochter des Tüftlers. Sie hat sich in den letzten Jahren nicht viel verändert. „Sie ist …" Er verzog leicht das Gesicht, als er das sagte. „Immer noch so winzig."

Er fasste meine beiden Ärmchen und ließ sie gleich wieder fallen. „Sie wird in den nächsten Jahren wohl nicht mehr viel weiter wachsen. Sie isst nie genug, obwohl ich es ihr befehle", sagte meine Mutter knapp und schürzte die Lippen. Ihre Worte taten weh und ich schämte mich vor meinem Onkel. Derweil tat ich alles, um groß und stark zu werden, doch manchmal gab sie mir zu viel und mir wurde schlecht. Was machte ich nur falsch?

„Deine Tochter war als Säugling schon recht schwach und kaum überlebensfähig", sagte Lord Robert mitfühlend und ergriff dabei kurz die Hände meiner Mutter.

„Das ist wahr. Eine furchtbare Zeit", antwortete sie leise.

„Unsere Eltern waren stark und groß", merkte mein Onkel an, ohne mich dabei aus den Augen zu lassen.

Meine Mutter nickte wieder nur und sah mich dabei lange an.

„Es ist eigentlich schon recht spät", sagte sie zu mir. „Sag deinem lieben Onkel gute Nacht."

Hinter dem Bart meines Onkels erkannte ich, dass er lächelte. Er legte einen Moment seine Hand auf meine Schulter. Sie fühlte sich schwer an. Seine Nägel krallten sich in mein Nachthemd. „Keine Sorge", sagte er mit einem breiten Lächeln auf den Lippen. „Ich komme eines Tages wieder und dann haben wir beide viel Zeit zum Reden. Du und ich, versprochen."

Ich machte noch einmal einen Knicks, dann ging ich auf mein Zimmer, doch da blieb ich nicht. So lange hatte ich meinen Onkel nicht gesehen und jetzt durfte ich mich nicht mal mit ihm unterhalten. Das ließ ich mir nicht gefallen.

Leise schlich ich in das Schlafkabinett meiner Eltern. Es besaß zwei Türen. Eine führte in mein Zimmer, die geschlossene in die Küche. Ich fühlte mich wie auf einem Abenteuer, als ich durch das Schlüsselloch linste und unerlaubterweise meine Mutter und meinen Onkel belauschte.

Doch keiner von ihnen sagte etwas und ich befürchtete schon, sie hätten mich gehört. Ich hielt die Luft an, doch dann tippte mein Onkel auf den Tisch. „Ich habe mich schon gefragt, warum ich immer bitten und betteln musste, meine Nichte zu sehen. Immer schlief sie schon und wenn ich untertags kam, war sie mit ihrem Vater auf Reisen."

Er deutete auf unsere Einrichtung im Haus. „Nicht mal ein Foto von ihr hängt an diesen ..." Er schürzte die Lippen. „Wänden." Die waren rissig und veraltet. Dies hier war schließlich auch kein normales Haus, sondern eine stillgelegte Mühle, in der wir wohnten.

„Dir ist hoffentlich klar, dass aus ihr nie ein normaler Mensch werden wird."

Meine Mutter nickte bedächtig und ich war verwirrt. „Du kannst nichts dafür, du hast getan, was du konntest", antwortete er.

„Das habe ich, doch nichts hat geholfen. Eine normale Größe wird sie ganz bestimmt nicht mehr erreichen", erwiderte sie und sah aus, als hätte sie in eine Zitrone gebissen.

Lord Robert schüttelte nur den Kopf. „Nein. Sie wird nie normal sein, Schwesterchen."

Doch, *dachte ich. Ich musste mich einfach noch mehr anstrengen, schalt ich mich im Stillen und schämte mich, dass ich meiner Familie nichts als Kummer bereitete.*

„Er passte nie zu dir. Zu uns." Er sprach also von meinem Papa. Ja, ich wusste, die beiden konnten einander nicht leiden. Er fuhr fort. „Und sie. Sie ist eindeutig von seinem Blut", sagte Lord Robert und verschränkte seine Arme hinter den Nacken. „Einmal Zirkusbalg, immer Zirkusbalg. Den Zirkus bekommt man nicht mehr aus sich heraus. Und es färbt auch noch ab. Kein Wunder … Mit Verlaub, meine liebste und einzige Schwester … Das hier kommt dabei heraus, wenn man sich mit einem Mann vom Zirkus und auch noch so einem kuriosen Erfinder einlässt. Ein kleiner, menschenähnlicher Zwerg."

Er stellte die Teetasse geräuschvoll ab, um seinen Worten Nachdruck zu verleihen. Meine Mutter sagte nichts dagegen, sie tat einfach gar nichts.

Mein Onkel seufzte und legte seine Hände mitfühlend auf die meiner Mutter und tätschelte sie. „Was für eine Schande. Für dich, für uns."

Eine Weile sagte keiner von ihnen etwas.

„Hast du das gewusst?", fragte er sie, während sie ihm Tee nachschenkte. „In der Tierwelt haben schwache Würfe keine Chance auf ein eigenständiges Überleben, also entscheidet oft das Muttertier, das eigene Kind gnädigerweise zu fressen. Das nennt man auch Kronismus."

Der Tee, den meine Mutter dabei war auszuschenken, quoll in der Tasse über.

Dann wechselten sie das Thema. Meine Mutter erzählte von den üblichen Stadtgesprächen und Lord Robert erzählte Witze und meine Mutter begann dabei besonders laut und schrill zu lachen.

Und ich stand wie erstarrt und noch verwirrter da und dachte über das nach, was sie über mich gesagt hatten.

Zwerge. Das waren doch keine menschlichen Wesen, sondern ein Fantasievolk, Sagengestalten, die gab es doch nicht wirklich, oder?

Das war sicherlich nur ein Witz gewesen. Meine Mutter hatte aber nicht gelacht. Aber sie war ja manchmal auch komisch. Ich verstand sie nicht immer.

Mein Onkel ging und meine Mutter stürzte auf meine Tür zu und riss sie mit einer Wucht auf, dass ich dachte, es würde die Tür aus den Angeln haben. Doch anstatt mich anzuschreien oder zu bestrafen, tat sie nichts. Sie sah mich nur an. Sie hatte keine Worte für mich übrig. Das war ich gewohnt. Mutter sagte mir nie, was sie wirklich dachte, aber da war diesmal etwas, was ich in ihrem Gesichtsausdruck ablesen konnte: große Besorgnis.

GESTERN, SPÄTER NACHMITTAG

SCHANDE

Ich wollte schreien, doch kein einziger Laut kam aus meiner Kehle. Sein Griff war eisern, mich aus ihm zu befreien war schlichtweg unmöglich, so sehr ich es auch versuchte.

Noch bevor jemand mein Aufbegehren mitbekam, zog mich mein Onkel in eine menschenleere Seitengasse.

Dort versetzte er mir einen heftigen Stoß und ich fiel gegen eine Hausmauer. Ich prallte mit dem Kopf so hart dagegen, dass funkelnde Sterne vor meinen Augen tanzten.

Lord Robert stand breitbeinig vor mir und sah aus, als würde er gleich explodieren, und zwar wortwörtlich. Sein Gesicht war zornesverzerrt und hatte eine purpurrote Farbe angenommen.

Wäre er mir ein liebevoller Onkel gewesen, wäre ich ernsthaft besorgt um sein Wohlbefinden. Es hatte den Anschein, als litte er unter einem ungesunden Blutdruck. Er sah zwar fit aus, aber ich wusste um seinen starken Tabakkonsum und mein Papa hatte vor vielen Jahren schon mal angedeutet, er spritze sich ein verbotenes Tonikum, um noch stärker und sportlicher zu wirken.

Er holte mit der flachen Hand aus und schlug mir ins Gesicht. Dann packte er mich am Kragen und schüttelte mich. „Dachtest du, du kannst deine geringe Größe etwa mit Schlauheit wettmachen?", fuhr er mich an. „Falsch gedacht!"

Etwas Warmes lief meine Lippen hinunter. Ich hielt mit aller Kraft die Tränen zurück, die der Schmerz hervorzwingen wollte.

Er hatte recht. Was hatte ich mir nur dabei gedacht?

Er war mir in vielerlei Hinsicht ganz und gar überlegen.

Er zog sein Jackett zur Seite und etwas Metallenes blitzte an seinem Gürtel auf.

Er sah mir dabei fest in die Augen, um klarzumachen, dass ich richtig verstand. Für einen Moment dachte ich, er würde seine Waffe ziehen. Stattdessen holte er ein Stofftaschentuch hervor und ich atmete auf.

Natürlich. Eine Frau mit aufgeplatzter, blutender Lippe würde auf den belebten Straßen zu viel unerwünschte Aufmerksamkeit erregen. Und man sollte doch nicht etwa glauben, dass sich der feine Politiker und nicht unbekannte Gentleman kurz vergessen habe. Nein, keiner sollte den aufstrebenden Bürgermeisterkandidaten von Dover so sehen. Man könnte sonst glauben, dass er nicht so beherrscht war, wie er andere gerne glauben ließ.

Aber nun hatte er sein Ziel erreicht, ich war eingeschüchtert. Ich gab ihm, was er wollte, und blieb still.

Lord Robert grinste selbstgefällig. Er verbarg nicht einmal, wie sehr es ihm Vergnügen bereitete, wie ich ihm völlig ausgeliefert war.

Seine Gesichtsfarbe nahm nun erneut die klischeehafte Blässe eines noblen Engländers an. Er war wieder bester Laune und sah dabei glücklich aus. Genau wie in den Zeitungen. Er hielt mir ein Taschentuch vor die Nase. Instinktiv wollte ich danach greifen.

„Na, na, na!“, machte Lord Robert. Er griff unter mein Kinn. Mein Zopf hatte sich durch seine rohe Gewalt gelöst und die Strähnen, die mir ins Gesicht hingen, strich er sanft beiseite. Übelkeit kämpfte sich in mir hoch, aber ich wehrte mich nicht dagegen, auch nicht, als er unangenehm sanft das Blut von meinen Lippen tupfte. Ich widerstand dem Drang, in seine Hand zu beißen.

„Zoll deinem Onkel gefälligst Respekt, du undankbares Ding", flötete er. „Ich tu dir mit alledem sogar einen Gefallen. Anderen wie dir hätte man längst den Gnadenschuss gegeben." Sein Blick wanderte hinunter zu meinem Dekolleté. „Was für eine Schande. Eigentlich hast du ja ein schönes Gesicht und einen durchaus ansehnlichen Vorbau", murmelte er vor sich hin und strich mir über meine feuchten Wangen. Dann wanderte sein Blick weiter hinunter.

Ich schloss für einen Moment die Augen. Da spürte ich, wie seine behandschuhten Finger gemächlich in Richtung meines Ausschnitts glitten. Mein Körper bebte vor Angst und vor dem, was folgen würde.

Seine Finger auf mir verschwanden, kurz bevor er eine weitere Grenze überschritt.

Stattdessen zückte er seine Pfeife, steckte sie sich genüsslich zwischen seine makellosen Zähne und blies mir den Rauch ins Gesicht. Der starke Tabak roch penetrant und reizte meine Atemwege. Ich hustete.

„Du hörst mir jetzt ganz genau zu", raunte Lord Robert. „Denn ich sag es nicht noch einmal. Wenn du dich noch einmal wehrst oder es wagst zu schreien ...", sagte er und deutete an die Stelle seines Jacketts, wo seine Waffe verborgen war. Ob ich wollte oder nicht, ich zitterte wie im kältesten Winter, den London zu bieten hatte. Ich stand mit dem Rücken an die Wand gepresst und brachte nur ein Nicken zustande. Ich verschränkte die Arme und drückte sie fest gegen meinen Körper, machte mich klein.

Es hatte mittlerweile aufgehört zu regnen. Ich stand mitten in einer Pfütze, ich merkte, wie die Nässe meine Füße erreichte, doch ich wagte es nicht, mich zu bewegen.

Keine Menschenseele beachtete uns in dieser kleinen Seitengasse. Niemand kam mir zu Hilfe.

Ich war froh, dass Lord Robert Klick-Luck nicht bemerkte oder er ihm egal war. Mein Hündchen musste schreckliche Angst um mich haben, denn ich spürte, wie es in der Tasche rotierte. Er konnte sich ohne Hilfe nicht befreien und das war in Momenten wie diesen auch gut so. Klick-Luck hatte zwar Zähne, aber keine von der Sorte, die einen ausgewachsenen Menschen ernsthaft gefährlich werden konnten. So wie er sich die letzten Tage verhalten hatte, war ich war mir ziemlich sicher, dass Klick-Luck die Gefahr den ganzen Tag über gespürt hatte. Falls ich noch mal die Gelegenheit bekommen sollte, würde ich mehr auf seine Signale achten. Schließlich war es nicht das erste Mal, dass Klick-Luck mich vor etwas bewahrt hatte.

Ich beschloss zu tun, was immer Lord Robert auch von mir verlangen würde. Und keine Flucht zu unternehmen. Einer wie er könnte es sogar wie einen Unfall aussehen lassen, wenn man mich mit einer Kugel in der Stirn auffinden würde.

Ohne. Jeden. Zweifel.

Vielleicht aber war die Pistole auch gar nicht geladen und vielleicht hätte ich mich auch aus seinen Händen befreien können.

Aber ich kannte Lord Robert zu gut. Er war äußerst gerissen, das hatte mich die Vergangenheit gelehrt. Außerdem besaß er Dinge, die ich nie besitzen werde. Einfluss, Geld und Macht.

Er würde mich finden. Egal wo.

11 JAHRE ZUVOR

PRINZESSIN

Eines Abends kam mein Papa früher nach Hause. Eigentlich hätte er erst in einem Monat hier sein sollen. Doch er kam wenige Tage nachdem uns mein Onkel diesen denkwürdigen Besuch abgestattet hatte.

Ich lag bereits im Bett und freute mich, als ich in der Stube seine Stimme hörte.

Rasch hüpfte ich aus dem Bett, doch ein Geräusch ließ mich innehalten.

Ich hörte, wie er und meine Mutter sich stritten. Nicht laut, auch nicht heftig, aber die Wände hier waren nicht mehr als doppelt angebrachte Bretter, die die Räume voneinander trennten.

„Sie ist unsere Tochter …“, hörte ich Papa sagen.

„Ja!“, fuhr Mutter ihn an. „Genau deswegen!“

Das überraschte mich, meine Mutter hatte ihn noch nie angeschrien.

Es widerstrebte mir, die Tür zu öffnen, und so kroch ich leise wieder in mein Bett zurück und rollte mich ein.

Sie stritten meinetwegen. War das alles meine Schuld?

Ich musste irgendwann eingeschlafen sein, denn nur ein paar Stunden später weckte meine Mutter mich.

„Kind, wach auf“, sagte sie. „Dein Vater ist hier. Steh auf, zieh dich an und komm.“

Aufstehen? Ich blickte aus meinem kleinen Fenster. Der Hahn hatte noch nicht gekräht und es war noch so dunkel.

„Steh auf“, drängte meine Mutter mich.

„Ich habe euch abends gehört“, murmelte ich verschlafen.

„Das geht dich nichts an“, entgegnete sie.

„Ich dachte, er wollte erst zu Weihnachten nach Hause kommen."

Sie sah dabei aus dem Fenster, als hielte sie nach jemandem Ausschau. „Er kam früher, um uns zu sehen. Freust du dich etwa nicht?", wandte sie sich wieder mir zu.

„Doch", antwortete ich und zog meine Decke dichter an mich heran. Die Stube fühlte sich kalt an. Über Nacht musste der Herbst gekommen sein.

„Dein Vater und ich wollen, dass du diesmal mit auf die Jagd gehst." Sie ging zu meiner Kleidertruhe und warf mir Kleidung und meine Stiefel aufs Bett.

Ich streckte mich und sah sie ungläubig an. Doch da zog sie mich schon fast grob aus dem Bett. „Komm. Wir wollen da sein, bevor die Sonne aufgeht." Da bemerkte ich, dass ihr Blick leerer als sonst war. Sie schaute regelrecht durch mich hindurch.

Irgendwas fühlte sich an dem frühen Morgen falsch an.

Selbst mein Papa wirkte anders als sonst. Obwohl wir uns seit Wochen nicht mehr gesehen hatten, war auch er seltsam ruhig und verschlossen. Tiefe Augenringe zeichneten sich bei ihm im Licht der Dämmerung ab, so als hätte er viel geweint. Auf dem Weg in den Wald ließ er seinen Kopf immer wieder hängen.

Meine Eltern schwiegen und ich tat es ihnen gleich. Nur das Laub unter unseren Schuhen raschelte und nur ganz leise säuselte der Wind durch Baum und Geäst.

Meine Eltern trugen bepackte Taschen auf ihren Rücken und ihre Gewehre, die so lang waren wie ein ausgestreckter Arm.

Nach einer Weile hielten wir an einer Waldlichtung, die auf einem unbeackerten Feld endete. Von unserem Standpunkt aus konnten wir unsere Mühle sehen. Sie lag etwa eine Wanderstunde entfernt.

Die beiden leerten ihre Taschen. Zum Vorschein kamen Munition, leere Konservendosen und Jagdmesser. Aber auch leere Konservendosen und Strohpuppen. Letztere stellten meine Eltern nacheinander auf dem freien Feld auf.

Dann winkte mein Papa mich zu sich.

„Komm her, meine Kleine.“ Es waren die ersten Worte, die er seit dem Weg hierher gesprochen hatte. Er sah mich aus seinen braunen Augen freundlich an.

Seine langen braunen Haare hatte er wie ich zu einem kurzen Zopf zusammengebunden, auf dem Kopf trug er wie immer seine grüne Mütze, die viele kleine Zahnräder zierten. Wie wir trug er abgetragene Stiefel. Dazu ein graues Hemd und seine Hosenträger. Sein Mantel wirkte neu, nur besaßen wir keine Knöpfe, sondern an diesen Stellen waren ebenso Zahnräder eingearbeitet worden, die ihn zugeknöpft hielten. Ich fand, das sah einfach großartig an ihm aus.

Aus einer der Taschen nahm Papa ein Gewehr, das um einiges kleiner war als die beiden anderen. Und dieses hielt er mir entgegen. „Nimm es in beide Hände“, sagte er diesmal, ohne zu lächeln. „Das ist für dich.“ Ich erkannte seine Schrauben an dem oberen Teil des Eisens.

Er hatte sie für mich gemacht. Eine Waffe, gemacht für kleine Kinderhände.

Und trotzdem fühlte sie sich schwerer an, als sie aussah.

Mein Papa ging vor mich in die Hocke, sodass er mit mir gleichauf war.

Dann legte er seine Arme um mich und klammerte meine Finger um das Eisen.

„Aber du und Mama, ihr habt gesagt, Kinder dürfen nicht …“

„Halte das Gewehr gerade, genau so.“ Er überhörte mich. „Schau, mach es mir nach.“ Er legte an.

Ich gehorchte und tat es ihm gleich. Ich befolgte jede seiner Anweisungen, auch wenn sie mich irritierten und mir aus irgendeinem Grund Unbehagen bereiteten. Eigentlich wollte ich das alles nicht. Und eigentlich mochte mein Papa gar keine Waffen, schon gar keine Schießeisen. Meine Mutter stand auf der Seite und sah mit verschränkten Armen zu.

Dann feuerte er mit mir gemeinsam aus der kleinen Waffe. Er schoss auf jede einzelne Dose und jede von ihnen traf er. Bei jedem Schuss zuckte ich zusammen.

Dann ließ er mich stehen und stellte die Dosen wieder auf.

Er wechselte einen Blick mit meiner Mutter, dann sah er mich an und nickte mir mit eiserner Miene zu.

„Jetzt du", sagte er zu mir, mit einer Strenge, die ich bis jetzt nur von Mutter oder dem Pfarrer kannte. „Ich will, dass du es allein versuchst."

Ich rührte mich nicht. Dann lächelte mein Papa mir aufmunternd zu und für einen Moment war er wieder der Vater, den ich kannte. „Ich weiß, du schaffst das."

Ich nahm meine Position ein, wie Papa es mir vorgezeigt hatte.

Mein Vater hielt noch sein Gewehr in der Hand, als ich mit zittrigen Händen meines hob. „Du kannst das, konzentrier dich auf die Dose in der Mitte. Du kannst das, wir haben dich lieb. Wir sind bei dir und passen auf dich auf. Immer. Versprochen."

Dann nickte ich und legte das Gewehr an.

„Achte auf die Dose, die in der Morgensonne glänzt", hörte ich seine Stimme hinter mir.

Dann fixierte ich den Punkt und hob hölzern die Waffe. Hinter mir hörte ich meine Mutter schluchzen oder war das ein Tier, das wimmerte?

Ich konzentrierte mich. Ein Schuss flog durch die Luft. Doch er ging ins Leere und ich blies erleichtert die Luft aus der Lunge. Ich hatte immerhin niemanden erschossen. Der Schuss wirkte nach, ich hatte ihn bis ins Mark gespürt.

Ich drehte mich um. „Du hast geschossen, das ist schon mal ein Anfang!", sagte Papa und lächelte.

„Hast du gesehen, Mutter, ich hab …"

Meine Mutter hatte uns den Rücken zugewandt und ich bemerkte, dass nicht nur meine Hände zitterten, auch die meiner

Mutter taten es. Bevor sie sich uns wieder zuwandte, wischte sie sich mehrmals übers Gesicht. Aus ihren Augen entkam eine weitere Träne, die sie rasch fortwischte.

Es war das erste und einzige Mal, dass ich meine Mutter weinen sah. Als ich sie danach fragte, warum sie denn weinte, meinte sie, das sei bloß der Morgentau, der von den Blättern tropfte.

Danach gingen wir nicht, wie ich es mir insgeheim erhofft hatte.

Meine Eltern standen da und erwarteten von mir, es immer und immer wieder zu versuchen.

Ich traf keine einzige Dose.

Es war mittlerweile fast Mittag und mir gelang es immer noch nicht, das Gewehr gerade zu halten. Mein Papa hatte die leichteste realisierbare Waffe für mich gebaut und doch war sie immer noch zu schwer. „Ich will das nicht", sagte ich zu ihm. „Es fühlt sich falsch an."

„Das sollte es auch", sagte er traurig.

Meine Mutter sah ihn vorwurfsvoll an.

„Aber du bist nun alt genug", fügte er hinzu.

„Aber es ist so schwer, Papa", beschwerte ich mich.

Alles in mir weigerte sich. Ich wollte das hier nicht. Viel lieber wäre ich bei meinen Büchern. Doch Papa kannte ebenso kein Pardon wie meine Mutter und sie sagte, ich solle meinem Vater gefälligst gehorsam sein.

Das Training verlief weiterhin schleppend, die Zeit wollte einfach nicht vergehen. Immer wieder warf ich die Flinte frustriert ins Korn, immer wieder gingen meine Schüsse ins Leere.

Irgendwann wurde es meinem Papa zu bunt. „Du musst dich mehr anstrengen, hörst du? Der Bär wartet nicht auf dich!", schimpfte mein Vater.

„Onkel sagte, ich bin ein Zwerg! Jawohl! Ich bin zu klein, zu klein für alles!" Ich fing an zu weinen.

Mein Vater sah meine Mutter an. Sie schenkte ihm einen warnenden Blick.

„Sie kann nicht. Hörst du nicht?", sagte sie leise.

Doch er winkte nur ab und kniete sich zu mir herunter, während ich auf dem Boden hockte und dicke Tränen vergoss. „Du bist kein Zwergenwesen", sagte er sanft." Vertrau mir. Die gibt es nicht wirklich. Du hingegen bist ein Mensch und noch dazu meine Prinzessin." Ich hörte auf zu weinen und sah ihn an. Er nickte mich aufmunternd an. „Ja, meine Prinzessin, das bist du!"

Er trocknete meine nassen Wangen, dann zeigte er auf unsere Mühle. „Wir haben nicht viel, aber diese kleine Schönheit dort ist unser Palast. Und du bist die Prinzessin dieses kleinen Palastes. Alles, was du liebst, ist da drinnen. Aber du sollst eine Prinzessin sein, die all das selbst verteidigen kann, vor allem sich selbst. Das macht eine wahre Prinzessin aus." Daraufhin lächelte ich wieder und fasste Mut.

„Eure königliche Hoheit?" Er reichte mir die Hand und half mir auf.

Bald danach schoss ich die erste Dose und bevor wir Schluss machten, traf ich die erste Strohpuppe.

Wann immer es möglich war, gingen wir in die Wälder. Aber stets dann, wenn es entweder gerade erst hell oder bereits dunkel wurde. Und nie am selben Ort zweimal.

Wenn das Geld es uns erlaubte, gingen wir unseren Schießstunden nach. Doch mit der Zeit wurden es weniger, denn Munition war teuer.

Seit dem letzten Besuch vor einigen Monaten hatte Lord Robert meine Eltern nicht mehr finanziell unterstützt. Obwohl mein Vater schon in der Vergangenheit alles getan hatte, was er von ihm verlangte.

Er hatte aufgehört, in Zirkussen zu arbeiten, weil dies eine Schmach für das Ansehen meines Onkels sei, der sich nun einen Namen in der Politik machen wollte.

Auch hatte Onkel Robert von Papa verlangt, seine Erfindungen im Verborgenen weiterzuführen, weil seine Gesinnung nichts von dem Fortschritt hielt, den auch Mutter genauso Hokuspokus nannte, was Papa oft sehr traurig stimmte.

Aber nun passte dem Onkel seine Arbeit gar nicht mehr und er hatte ihm vor wenigen Wochen einen Brief zukommen lassen, in dem stand, er solle dieses Teufelswerk von Arbeit ganz einstellen. Was mein Vater allerdings nicht tat. Ich begann Lord Robert immer weniger zu mögen. Er kam seit jenem Tag auch nicht mehr zu Besuch.

Doch ich sah ihn oft in der Zeitung. Darin ließ er sich als junger Stern am Politikhimmel feiern.

Wenn uns das Geld für Essen fehlte, gingen meine Eltern in den Wald, sie jagten jedoch nur, wenn ich nicht dabei war. Wenn ich dabei war, schossen wir auf die altbekannten Dosen und Strohpuppen. Und ich hatte jedes Mal furchtbare Angst. Kinder sollten doch keine Waffe führen können und schon gar nicht nutzen müssen. Mein Papa war äußerst streng, obwohl er in anderen Dingen, die er mir beibrachte, liebevoll und sanft war. Doch hier nicht. Er war ungeduldig. Aber wenn wir wieder von den Übungen nach Hause kamen, wurde er wieder zu meinem Papa, den ich kannte und liebte.

Eines Tages ging meine Mutter nicht mehr mit zu unseren Übungen.

Sie mied mich, aber das war in Ordnung. Ihre stumme Anwesenheit verunsicherte mich mehr, als wenn Vater mit mir schimpfte, wenn ich nicht schnell genug lernte.

Schon bald zeigte er mir auch einen anderen Trick, einen, der zur Selbstverteidigung gedacht war.

Als er ihn mir das erste Mal zeigte, staunte ich, wie schnell er mir die Waffe abgenommen hatte. „Du musst den richtigen Moment abwarten. Du hast nur einen Versuch. Du musst schnell sein."

Ich war begeistert. „Woher kannst du das alles, Papa?"

„Das musste ich mir damals im Krieg aneignen. Was ich dir beibringe, habe ich von dort. Aber zu meiner Erleichterung hatte ich es bis jetzt nie anwenden müssen."

GESTERN, SPÄTER NACHMITTAG

EIN PERFEKTES VERBRECHEN

Lord Robert nahm einen letzten Zug seiner Pfeife, dann steckte er sie wieder weg.

„Komm", sagte er und packte meinen Arm. „Der Jahrmarkt ist von der Universität gar nicht so weit entfernt."

Er verzog das Gesicht zu einem bösen Lächeln und zeigte seine weißen Zähne. „Was für eine Ironie, nicht wahr?", feixte er. Als von mir keine Erwiderung kam, zuckte er abfällig mit den Achseln. „Aber was verstehst du schon?"

Er führte uns zurück auf die Straße, während die Uhr von Big Ben die neue Stunde schlug und sechzehn Uhr verkündete. Der erste Glockenschlag ertönte und mein Blick fiel auf den Mantel meines Onkels, unter dem seine Pistole verborgen war.

Nur eine einzige rasche Bewegung und ich wäre vielleicht frei.

Du musst schnell sein. Du hast nur einen Versuch.

Ich war ihm so nah.

Ich spannte meine Schultern an. Nur ein schneller Griff trennte mich von seiner Waffe.

Doch ich unternahm nichts.

So taff war ich nun doch nicht …

Entschuldige, Papa, dachte ich.

Aus der Ferne konnte ich ihn schon erkennen, den Jahrmarkt, der einmal im Jahr in London gastierte. Er strahlte mit seinen bunten Lichtern, doch die Strahlen kämpften sich, wie die Nachmittagssonne, nur mühsam durch den dichten Nebel. Ich schrie. Innerlich. Die ganze Zeit. Er wollte mich nicht nur als Attraktion verkaufen, sondern nahm mir auch meine Würde als Mensch. Mein Recht auf Freiheit.

Für meinen Onkel war jemand wie ich ein Monster. Eine Missgeburt. Eine Kuriosität und als solche gedachte er mich an eine Freakshow zu verkaufen. Wohin ich seiner Meinung nach auch gehörte.

Ich schluckte die Tränen hinunter, die hochkommen wollten. Diesen Triumph wollte ich ihm nicht gönnen. Nicht heute, aber auch nicht später. Niemals.

Mein Onkel klemmte meinen Arm noch fester unter seinen. Er hatte wohl Angst, ich könnte zu entkommen versuchen. Und Himmel und Hölle, das wollte ich auch, doch wo sollte ich nur hin? Er würde mich überall finden.

Lord Robert schlenderte in aller Seelenruhe mit mir die Attraktionen entlang, stets darauf bedacht, seinen Hut tief ins Gesicht zu ziehen. Und es funktionierte. Niemand blieb stehen und sprach ihn an. Nein, er hatte seinen markanten Spitzbart abrasiert und sein Gesicht hinter dem Hut verborgen. Man erkannte ihn nicht. Augenscheinlich war alles in bester Ordnung. Er war nur ein Mann, der sich mit seiner Tochter oder Nichte einen schönen Tag auf dem Rummel machte. Doch es war eine Farce. Eine Fassade. Es war nichts anderes als eine äußerst perfide getarnte Entführung. Und irgendwie auch ein perfektes Verbrechen.

Es gab niemanden mehr, der mich vermissen würde, und allein meine bloße Existenz war ihm ein Dorn im Auge.

Ich hatte ihn durchschaut. Er wollte in seinen politischen Kreisen glänzen, und zwar von allen Seiten. Der letzte große Schandfleck war ich, den es zu beseitigen galt. Ich störte ihn mit meiner Existenz.

Das tat ich schon immer. Doch meinen Onkel trieb noch etwas an: Gier.

Mich einfach nur verschwinden zu lassen, war nicht genug.

Nein, dafür war ich ihm wiederum viel zu wertvoll.

Also würde es auch noch ein äußerst profitables Verbrechen für ihn sein.

Kinder schrien vergnügt, Eltern an den Ständen zückten ihre Geldbeutel und tauschten Münzen gegen Fish & Chips und Süßsäfte. Die Luft roch nach Zuckerwatte und Vergnügen.

Karusselle drehten ihre Runden. Jeder Schritt, den ich tat, fühlte sich schwer an, als wären meine Beine aus Blei.

Und dann tauchte es vor uns auf: das Zirkuszelt.

Es war um einiges kleiner und unscheinbarer als in meiner Vorstellung. Und doch zog es Lord Robert an, wie Motten das Licht. Es rückte immer näher, bis wir vor dem Eingang Halt machten.

Das gelbliche Zirkuszelt selbst sah verwaschen und in die Jahre gekommen aus. Zwei blutrote Fahnen befanden sich an seiner Spitze, nahezu unheilverkündend flatterten sie im Wind. Ohne diese fiel das Zelt nicht groß auf, man könnte es leicht übersehen, denn noch war es bunt und fröhlich, noch sah es auch einladend aus.

Lord Robert blieb neben dem Eingang stehen, krempelte seinen Ärmel hoch und linste auf seine Taschenuhr, die rundum mit schneeweißen Perlen bestückt war.

„Einen Zug werde ich mir noch zu Gemüte führen“, verkündete er, nahm seine Pfeife in den Mund und zog schmauchend daran.

Oberhalb des Zelteingangs schaute ein Gesicht auf uns herab. Es handelte sich um eine Art Büste in Form eines Mannes mit langen Haaren und Zylinder. Einst war es in Kupfer gegossen worden, doch die Zeit kannte keine Gnade. Sie hatte sie mit einer blaugrünen Patina überzogen.

Irgendwie bizarr, denn bestimmt hätte es edel, gar protzig wirken sollen, doch es war nicht mehr als eine Fratze, eine Totenmaske, die uns verschlagen angrinste.

Ich schluckte. Je länger wir hier verweilten, desto mehr stellte sich bei mir ein Gefühl ein, das ich nicht näher beschreiben konnte.

Meine Muskeln verspannten sich, mein Magen zog sich zusammen und jedes einzelne Härchen stellte sich mir auf, als krabbelte Ungeziefer über meine Haut. In diesem Zirkuszelt verbarg sich Böses. Und das spürte ich auch.

Nicht nur mir erging es so.

Klick-Luck stieß wieder Dampf aus seinem Täschchen, als wir vor dem Eingang anhielten. „Mir gefällt das auch nicht“, flüsterte ich ihm zu und versuchte etwas in der Dunkelheit des Zeltes zu erkennen, doch es rührte sich nichts darin. Still stand es da und kein einziges Geräusch drang heraus.

„Hast du irgendwas gesagt?“, schnarrte Lord Robert.

„Ich … sprach mit mir selbst.“

„Sei bloß still und halt deinen kleinen Mund, verstanden?“, raunte er.

Ich biss auf meine Zunge und ärgerte mich über mich selbst. Ich wollte nicht, dass er mir noch Klick-Luck entriss, von dem er tatsächlich nichts zu wissen schien.

Auf Lord Robert übte das Zelt wohl keine negative Wirkung aus. Er wirkte entspannt, nahezu gut gelaunt. Schließlich war er auch nicht derjenige, der dort ein Gefangener sein würde.

Selbst aus dieser Nähe war von drinnen nichts zu hören und langsam fragte ich mich, ob sich dort überhaupt jemand befand. Es war so still, zu still.

Neben uns stand ein kleines Holzschild. Die Schrift war schwer lesbar und liebloser hätte man es nicht gestalten können.

Jemand hatte mit roter Farbe *„Direktor Lambs Wanderzirkus"* darauf geschmiert.

Doch wie Lord Robert wusste ich, die Wahrheit dahinter war eine andere. Nämlich eine, die per Gesetz schon lange verboten wurde.

Aber die fürchterliche und menschenverachtende Idee, Freakshows zu veranstalten, war nie gestorben. Denn manche Menschen wollten darauf einfach nicht verzichten.

Und eine Handvoll dieser Leute spazierte geradewegs auf das Zelt zu. Sie klimperten selbstbewusst mit ihren vollen Geldbeuteln, die vielen Juwelen und Perlen an ihren Gewändern funkelten schon von Weitem. Die Leute gingen an uns vorbei und direkt in das Zelt hinein.

Der Zirkus hatte wohl doch schon geöffnet. „Mist", brummte mein Onkel, der nun seine Pfeife schneller paffte und dadurch zu hüsteln begann.

Ein Mann starrte mich durch ein Monokel entsetzt an, als hätte er noch nie in seinem Leben eine kleingewachsene Frau gesehen. Es war nicht selten, dass ich angestarrt wurde, aber so unverhohlen hatte man mich noch nie angesehen.

Aber was genau hatte ich erwartet?

Während die anderen sich beeilten, wurden seine Schritte immer langsamer, wahrscheinlich um mich länger betrachten zu können.

Doch auf einmal geriet er ins Stolpern und ich bildete mir ein, einen ausgestreckten Damenstiefel zu sehen. Er fiel direkt darüber und konnte sich gerade noch halten, aber sein Monokel fiel klappernd auf die Erde.

Der Mann drehte sich zu einer Frau mit fuchsbraunem Haarschopf um, die mit dem Rücken zu mir stand. „Oh, Mylord! Das tut mir aber leid, hab Euch nicht gesehen", rief sie betroffen, doch es klang, als unterdrückte sie dabei ein Lachen.

„Offenkundig nicht. Unachtsames Frauenzimmer", fauchte der Mann sie an.

„Es tut mir leid, das war keine Absicht! Ich hab Euch einfach nicht gesehen!" Da war es wieder. In ihrer Stimme schwang eindeutig latente Ironie mit, die der Mann offenbar überhörte.

Dieser hob sein Monokel auf, befreite es von Schmutz und stolzierte weiter, bis er im Inneren des Zeltes verschwand. Die junge Frau sah ihm nach und so konnte ich ihr Gesicht sehen.

Wie ich war sie fast noch ein Mädchen.

Sie hatte ein weißes perlenbesticktes Kleid an, wie es sich für ihren Gesellschaftsstand geziemte, und ihre fuchsbraunen Haare waren zu zwei Zöpfen geflochten, die ihr bis zur Hüfte reichten. Nur ein paar einzelne Haarsträhnen umrahmten ihr rundes Gesicht, das mit rötlichen Sommersprossen bedeckt war.

Während sie dem Mann nachblickte, verzogen sich ihre Lippen zu einem spitzbübischen Lächeln.

Das war Absicht gewesen. Sie hatte dem Herrn ganz bewusst ein Bein gestellt.

Aber warum?

Dann drehte sich die Frau zur mir um. Mein Onkel murmelte mir irgendetwas zu, doch ich sah nur sie. Und unsere Blicke begegneten sich. War sie doch eine von *ihnen*, war es doch ihre Gestalt und ihr Wesen, dass mir das freundlichste und herrlichste Lächeln schenkte, das ich bis jetzt erlebt hatte. Ich hatte nicht erwartet, dies an so einem schrecklichen Ort zu erfahren. Blut schoss in meine Wangen und mir wurde warm um die Brust.

Für einen Wimpernschlag schien die Welt in Ordnung zu sein und ich wünschte, dieser Moment würde nie enden. Doch das würde er. Also schloss ich ihn fest in mein Herz, auf dass ich ihn als Erinnerung in Ehren halten konnte.

„Da bist du ja!“, rief jemand hinter der jungen Lady.

Der magische Moment erlosch so schnell, wie er gekommen war.

Ein weißhaariger Mann tauchte hinter der jungen Frau auf. Ihr Vater oder Großvater, mutmaßte ich.

„Ich sagte, du sollst auf mich warten!“, schnauzte er sie an. Ruppig hakte er sich bei ihr unter und zusammen gingen sie ins Zelt. Immer mehr Menschen gingen an uns vorbei.

Wieder fing ich ein paar Blicke auf, die man mir seitlich zuwarf. Wie bei dem Mann zuvor waren es keine netten und eher der ungemütlichen Natur.

In all diesen Augenpaaren las ich dasselbe: Sie ist jung, aber kein Kind und dennoch so klein, als wäre sie eines.

Ich war ihnen höchst suspekt. Wie sie mich aus hervorquellenden Augen anstarrten, die Lippen zusammenpressten, die Nase abschätzig rümpften, auffällig ihre Begleitungen antippten und in meine Richtung deuteten.

Sie glaubten über uns, Menschen, die nicht ihrer Norm entsprachen, ein Vorrecht zu besitzen. Doch dies war ebenso eine Illusion, wie zu glauben, über uns erhaben zu sein. Mir wurde klar, dass dies nur ein kleiner Vorgeschmack auf später war.

„Bedeck dich mit deinem Hut! Verdammt, was hab ich dir vorhin gesagt?“ Lord Robert stieß mich unsanft an.

„Keiner muss wissen, mit *was* ich da reinspaziere!“

Ich gehorchte ihm und zog meinen Hut tiefer. „Verzeiht, ich vergaß“, erwiderte ich.

Eine weitere Traube Menschen schickte sich an, das Zelt zu betreten.

Lord Robert packte hastig seine Pfeife weg. „Los jetzt! Der Direktor wartet“, brummte er, als er mich in das Innere des Zeltes zog.

Dabei fühlte ich mich wie ein Stück Holz, das in der Themse abwärts trieb, zusammen mit meinen Zukunftsträumen, direkt in die Dunkelheit.

EIN JAHR ZUVOR

ENTWURZELT

Diesen Tag würde ich nie vergessen. Seit einer Woche hatte es nicht mehr geschneit, dafür war der Frost gekommen und krallte sich in die Gerippe der Bäume und Sträucher.

Wir putzten den Kamin, gingen in die Stadt und besorgten die letzten wichtigen Nahrungsvorräte, die uns durch die kalte Zeit bringen sollten.

Das Geld reichte sogar für frisches Brot, seit wir für ältere Dorfbewohner kleine Arbeiten in der Stadt erledigten und meine Mutter deren Kammern säuberte.

Nach dem Tod meines Vaters spielte nun alles nach ihren Regeln.

Ich durfte seitdem nur noch mit dem Hut aus dem Haus. Das hatte ich bei Papa nicht gemusst.

Dies sei zu meinem eigenen Seelenwohl, hatte Mutter gesagt, denn die Leute könnten gucken. Nach einigen Jahren hatte ich mich daran gewöhnt und mittlerweile würde ich mich unsicher fühlen, wenn ich ihn abnehmen würde. Nur im Wald durfte ich mich allein aufhalten, wenn ich mit dem Gewehr übte. Aber ich musste immer bevor es ganz hell wurde, wieder zurück sein. Es war seltsam. Aber den Grund dafür sagte mir Mutter nie, ebenso wenig sagte man mir noch zu Vaters Lebzeiten genau, warum ich mich verteidigen musste, doch langsam begann ich zu begreifen, dass es etwas mit meinem Onkel zu tun haben musste. Doch eine genaue Erklärung erhielt ich nie, meine Mutter wich mir immer aus. Auch jetzt. Unsere Beziehung verlief seit dem Tod meines Papas recht harmonisch, was bedeutete, sie redete kaum mit mir und ging mir aus dem Weg, wenn wir nicht unseren Hausarbeiten nachgingen.

Doch als wir uns an den Kamin setzten, änderte sich alles.

Der Haussegen hing plötzlich schief, wie das alte Windrad unserer Mühle. Ich hatte verkündet, dass ich wie Vater studieren wollte. Ich würde bald mein einundzwanzigstes Lebensjahr erreichen und mein Traum war es, unabhängig zu werden, ich strebte nach Freiheit, ohne den kontrollierenden Augen meiner Mutter ausgesetzt zu sein. Zuerst begann sie tief einzuatmen, dann ein und auszuatmen, anschließend stieß sie Luft aus ihrer Nase als wäre sie ein wild gewordener Stier.

Daraufhin sprang sie energisch auf und legte ihre Stirn in Falten.

Verzweiflung spiegelte sich in ihrem Gesicht wider und sie ballte die Fäuste. „Das habe ich befürchtet, dass du mit diesem Unfug daherkommst. Dein Vater hat dir diese Flausen von Anfang an in den Kopf gesetzt!", schimpfte sie.

Ja und das war auch gut so, wollte ich trotzig erwidern.

Aber dann wäre mir eine schallende Ohrfeige gewiss gewesen. Es wurde Zeit, dass ich mein Leben in die Hand nahm. Ich wollte weg, weg von ihr, meine Träume verwirklichen, etwas erleben wie mein Vater. „Ich bin fast erwachsen, Mutter."

Du wirst nie richtig erwachsen sein, sagte mir ihr Blick, doch sie schnaufte nur.

„Du musst täglich Bücher nach Hause schleppen, ständig lernen, du vergisst mir noch aufs Essen und fällst ganz vom Fleisch! Und du bist ganz allein in London!", erwiderte sie stattdessen. „Das schaffst du nicht, Kind", fügte sie hinzu. Ich wurde wütender.

„Ich werde bald einundzwanzig, also …"

„Sieh dich doch an, Kind, wie zart du bist! Was glaubst du, was die anderen von dir denken werden? Die schicken dich wieder heim!"

Jetzt war ich es, die die Fäuste ballte.

Ihre Worte schnitten tief und trieben mir die Tränen in die Augen. Ganz unverfroren fauchte sie mir ins Gesicht, wie wenig sie von mir hielt und sie nahm es auch nicht zurück. Eine Weile schwiegen wir uns an.

Doch ich wappnete mich, ich kannte sie gut, die Diskussion war längst nicht beendet. Ich wusste, was nun kam.

„Tu dir das nicht an“, flüsterte sie in einem liebevollen, sanften Ton zu mir. Sie legte ihre Hände auf meine, um ihren Worten Nachdruck zu verleihen. Diese Art von Diskussion hatte ich schon oft mit ihr geführt. Immer wenn es darum ging, andere Menschen treffen zu wollen, leben zu wollen.

Immer gewann sie, weil ich weich wurde, aber nun war ich älter geworden und fiel nicht mehr auf ihre Überredungskünste rein. Nein, denn eines Nachts war ich erwacht. Und ich hatte genug von ihr. Sie durfte mich nicht ewig festhalten. Und nur weil sie meine Mutter war, hatte sie noch lange nicht mit allem, was sie sagte oder tat, recht.

Ich schüttelte den Kopf. Sie war unglücklich mit meiner Erscheinung. Ich ging ausgewachsenen Menschen selten bis zur Brust, geschweige denn zu den Schultern.

Meine Proportionen waren ebenmäßig, nicht verkürzt. Hin und wieder musste ich vielleicht auf eine Leiter klettern oder mich auf einen Sessel stellen, um an hohe Regale zu gelangen. Aber abgesehen davon kannte ich keine Barrieren. Ich wusste, was ich konnte. Nämlich alles, wenn ich wollte.

Und sie wusste das, sie wollte es nur nicht sehen. Weil ich eben nicht die Art von Perfektion war, die in ihrer Familie erwartet wurde. Ich nahm mir vor, ihr das jetzt nicht an den Kopf zu werfen.

„Doch, Mutter“, sagte ich bebend. „Ich werde an die Universität gehen, egal was du sagst.“

Ihr Blick wurde starr und sie zog ihre Hände zurück und hinterließ feine Kratzer an meiner Handoberfläche, als ließe sie mich nur ungern los, doch ihre Entrüstung war stärker als das.

Wortlos stand sie auf und ging zur Spüle. Dann explodierte sie. Sie nahm einen Teller und warf ihn nach mir. Er zerschellte neben mir an der Wand.

„Du hast keine Ahnung, was du dir antust!", kreischte sie. Verzweiflung lag in ihrer Stimme.

Sie warf einen zweiten, der mich ebenfalls nur knapp verfehlte, doch ein paar der Scherben streiften mich und hinterließen an meinen Beinen rote Schrammen.

Als meine Mutter nach dem dritten Teller griff, flüchtete ich in den Keller und schlug die Tür hinter mir zu.

Mutter folgte mir nicht, worüber ich froh war. Es war nicht das erste Mal, dass sie so außer sich war. Zuletzt vor etwa einem Jahr, als ich es gewagt hatte, ihr meine nicht aufgegessene Suppe anzubieten, weil ich sie nicht fertig essen konnte.

Ich flüchtete mich in Papas alte Lehrbücher, doch meine Gedanken kreisten weiter um meinen Plan. Die Reaktion meiner Mutter hatte mein Vorhaben nur gestärkt.

Ich musste beharrlich bleiben.

Es wurde Nachmittag.

Schließlich klopfte es an meine Tür und Mutter trat ein.

Sie stellte mir Kekse und einen Becher Milch ins Zimmer, wie jeden Tag.

„Unser Holzvorrat ist aufgebraucht", sagte sie kühl. „Ich gehe in den Wald und sammle ein paar Äste."

Ich zog es vor, nicht zu antworten. Aus Trotz und weil mir dafür einfach die Energie fehlte, denn ich fürchtete, jedes Wort von mir könnte erneut einen Streit vom Zaun brechen.

Sie wartete auch keine Antwort ab, denn sie drehte sich sogleich wieder um. Im Türrahmen wandte sie sich noch einmal zu mir. „Tu dir das nicht an, Kind", sagte sie mit sanfter Stimme. „Du bist zu sensibel für die Universität. Denk an die Leute dort. Das überlebst du nicht."

Dann ließ sie mich allein.

Das überlebst du nicht. Dies waren die letzten Worte meiner Mutter an mich gewesen. Denn ich sah sie daraufhin nie wieder.

Die Stunden strichen dahin. Draußen wurde es dunkel und es sollten mehrere Tage vergehen, bis man sie schließlich fand.

Diesmal blieb mir der Anblick erspart. Dafür war ich dankbar. Bei meinem Vater war das anders gewesen.

Ich wurde von unserem Dorfpolizisten persönlich abgeholt. Er war ein kleiner, rundlicher Mann mit freundlichem Gesicht, der kurz vor seiner Rente stand. Man sagte mir nicht sofort, was los war, doch als wir statt zum Revier in ein kleines Café fuhren und er mir eine heiße Schokolade mit den Worten „einen Schuss Rum für die Dame" bestellte, wusste ich mit Gewissheit, dass meine Mutter nie mehr nach Hause kommen würde.

„Es tut mir leid, dir mitzuteilen, dass wir deine Mutter tot in den Wäldern aufgefunden haben. Sie ist nun mit deinem Vater vereint. Mein herzliches Beileid." Er kondolierte mir mit aufrichtiger Betroffenheit im Gesicht und schüttelte meine Hand.

„Danke", sagte ich und meine Stimme versagte fast. Ich sammelte mich.

„Wie?", fragte ich dann und starrte in meinen Becher Kakao.

Der Dorfpolizist sah mir fest in die Augen.

Er kannte meine Familie schon seit Jahren. Auch wenn wir isoliert lebten, war mein Vater ein angesehener Bürger gewesen, der so manchen Leuten Maschinen repariert hatte, wenn sie kaputt gewesen waren.

Er holte tief Luft und ich konnte ihm ansehen, wie er nach den richtigen Worten suchte.

„Ein schwerer Ast", sagte er mit zusammengepressten Lippen. „Es muss ein Windstoß gewesen sein. So fanden wir sie unter einer großen Eiche."

Ich blickte weiterhin in meinen Kakao.

Er fuhr zögerlich fort.

„Ich sehe viele solcher Unfälle. Sie sind mehr als tragisch und schlimm. Aber die Gesichter der Toten sind selten schmerzverzerrt, sondern tragen den Ausdruck der Überraschung. So war es auch bei deiner Mutter. Sie hat nichts gespürt, da bin ich mir sicher."

Möglich, dass er mich nur beruhigen wollte. Aber allein die Vorstellung, dass meine arme Mutter stundenlang unter dem Gewicht des Holzes begraben gewesen war, während in ihr langsam die Flamme des Lebens erlosch, war unerträglich. Also hielt ich daran fest, dass der Dorfpolizist die Wahrheit sprach.

Ich schloss die Augen und verdrängte das Bild meiner toten Mutter, deren Blut den Schnee rot färbte.

„Es tut mir wirklich sehr leid. Das ist sicherlich alles viel zu viel für dich."

Ehrlich gesagt wusste ich nicht, wie ich mich fühlen sollte.

Das mit meinem Vater war ein regelrechter Schock gewesen. Das hier zwar auch, aber doch irgendwie anders.

Diese Erkenntnis behielt ich besser für mich.

Die Beziehung zu meiner Mutter war immer kompliziert gewesen, immer schon und dennoch … Wir hatten uns gehabt …

Und nun war ich allein.

„Es mag sich jetzt vielleicht so anfühlen, aber du bist nicht allein."

Ich sah auf.

Der Mann lächelte mich aufmunternd an. „Ich habe eine Nachricht für dich. Von deinem Onkel. Ich soll dir ausrichten, dass er rechtzeitig zur Beerdigung hier sein wird."

Ich spürte, wie mir das Gesicht entgleiste.

„Oh nein, hab keine Sorge!" Der Dorfpolizist ergriff meine Hand und tätschelte sie. „Dein Onkel hat gesagt, er wird sich um dich kümmern. Für dich da sein. Du musst also nicht allein sein."

„Wirklich?", sagte ich tonlos.

„Aber natürlich", antwortete er weich und drückte noch einmal meine Hand.

Er sagte es in einen Ton, als wäre es für mich ein kleiner Lichtblick. Das wäre es gewesen. Wenn es ein anderer Onkel oder ein anderes Leben gewesen wäre.

„Nun", seufzte der Dorfpolizist und kramte in seinen Unterlagen. Er händigte mir ein paar Papiere und Dokumente aus. Darunter den Totenschein meiner Mutter.

Er räusperte sich. „Kommen wir zum bürokratischen Teil."

Ich hörte ihm kaum zu. Seinem Gesichtsausdruck nach zu urteilen, verstand er das, denn er erklärte mir kurz und bündig, wo meine Mutter aufgebahrt war und wann die Bestattung sei. Und dass ich mit meinen fast einundzwanzig Jahren allein in der Mühle leben durfte.

Die Rückfahrt nach Hause fühlte sich seltsam an und ich fühlte mich auf eine unangenehme Weise leer. Als klaffte in mir ein Loch, das sich immer mehr in mir ausbreitete. Und allein vor der ruhenden Mühle zu stehen. Es war schwer in Worte zu fassen, die Stille, die sich auf die Mühle gelegt hatte.

Und diese Stille hielt die nächsten Tage an, bis ich sie nicht mehr aushielt. Ein paar Tage später beschloss ich, in den Wald zu gehen, um Brennholz zu sammeln. Als ich zu unserem Holzvorratsschuppen ging, fiel mir vor Schreck fast das Holz aus den Händen. Es stürzte klappernd in den Schnee. Ich konnte es nicht fassen. Eine dicke Schneeschicht bedeckte den Holzschuppen.

Es hatte aber erst zuletzt vor einer Woche geschneit und als ihn öffnete, sah ich, dass der Holzvorrat noch zur Gänze aufgefüllt war. Was für einen Grund hatte es also für meine Mutter gegeben in den Wald zu gehen?

EIN JAHR ZUVOR

EINMAL ZIRKUSKIND ...

Über dem Friedhof am Rande Dovers hingen dunkle Wolken. Es war wärmer geworden und statt Schnee fielen große und schwermütige Regentropfen vom Himmel auf uns herab.

Fünf Frauen in nachtschwarzer Seide hatten sich um das offene Grab meiner Mutter versammelt und weinten bitterlich. Wenn einer Beerdigung zu wenig Menschen beiwohnten, war es in konservativen Familien Tradition, Klagefrauen zu engagieren, wofür in diesem Fall Lord Robert sorgte.

Denn wir kamen gerade mal auf zwei Personen. Lord Robert und ich. Was nicht weiter verwunderlich war, denn meine Mutter war im Dorf nicht besonders beliebt gewesen. Ihre launische, unberechenbare Art hatte die Leute verschreckt.

Eine der Klagefrauen übertönte sogar den Regen, der auf unsere Regenschirme niederprasselte.

Lord Robert verdrehte die Augen.

Der Pfarrer begann seine Predigt, während der Mahagonisarg meiner Mutter hinabgelassen wurde. Ich stand auf einer Seite, er auf der anderen mir direkt gegenüber. Ich bemerkte, wie Lord Robert mich anstarrte. Die Kosten für das Begräbnis hatte er übernommen, wie ich durch einen kurz angebundenen Brief an mich erfahren hatte. Da dachte ich, dass er vielleicht doch von seinem Gewissen geplagt wurde, weil er uns im Elend leben ließ. Vielleicht bereute er seine frühere Einstellung wirklich, und dass er sich zu Mutters Lebzeiten nie um sie geschert hatte. Und das nur, weil sie einen Mann geheiratet hatte, der seiner Meinung nach weit unter seiner Würde gewesen war.

Ich blickte stur hinunter in die Grube.

Ich wusste mittlerweile, dass er sich für mich und meine Familie schämte und doch war er gekommen, um meiner Mutter die letzte Ehre zu erweisen. Seine Aufmerksamkeit aber galt nur mir.

Ich hoffte, die Beerdigung würde bald enden.

Denn mittlerweile war mir mehr als unbehaglich zumute.

Schließlich sprach der Pfarrer seine letzten Gebete und die schwarz gekleideten Frauen sangen meine Mutter in ihre letzte Ruhe. Sie sangen wunderschön, das musste ich ihnen lassen. Doch irgendwie wirkten sie trotzdem fehl am Platz.

Meine Mutter hätte es bestimmt gefallen, denn sie hielt stets viel von Traditionen wie dieser.

Gemeinsam verließen wir den Friedhof. Am Ausgangstor angekommen, wandten wir uns einander zum Abschied zu.

Beim Pfarrer bedankte ich mich für die Predigt und verabschiedete mich förmlich mit einem Knicks von meinem Onkel.

Der Pfarrer marschierte los und Lord Robert griff nach meiner Hand und ließ mich nicht mehr los.

Er zog mich unsanft zu sich. Seine Hand drückte meine so grob, dass sie anfing zu pochen.

Der Pfarrer drehte sich noch einmal um und winkte uns. Für ihn musste es so aussehen, als würde mein Onkel noch trostspendende Worte für seine Nichte haben.

Doch dem war nicht so. Ganz im Gegenteil.

„Du bist ja doch noch gewachsen, seit wir uns das letzte Mal sahen.“ Ich erinnerte mich. Zwergenmensch hatte er mich genannt. „Aber nur ein kleines bisschen“, feixte er dicht vor meinem Gesicht und kam mir näher, als mir lieb war. Ein unangenehmer Geruch erreichte meine Nase, als er mir seinen Atem ins Gesicht hauchte. „Du magst die Tochter meiner toten Schwester sein, aber sieh dich an. Du gehörst nicht zur Familie, nein, du gehörst in den Zirkus!“

„Lass mich los!“, rief ich und hoffte, der Pfarrer würde es hören, doch dieser war schon außer Hörweite.

Irgendwie gelang es mir doch, mich von ihm loszureißen. Ich lief los und drehte mich nicht mehr um. Seine Worte aber jagten mir gnadenlos hinterher: einmal Zirkuskind, immer Zirkuskind!

Erst als ich die Mühle sah, wandte ich mich um, stoppte und rang nach Luft. Daheim angekommen, verschwamm mein Sichtfeld und die Knie wurden weich. Unwohlsein breitete sich in mir aus. Es war einfach alles zu viel. Der Tod meiner Mutter, Lord Robert.

Ich schaffte es gerade noch ins Bett, bevor meine Beine nachgaben.

Dann ließ ich meine erste Panikattacke über mich ergehen, ehe ich in einen traumlosen Schlaf fiel.

EIN HALBES JAHR ZUVOR

KLICK-LUCK

Es vergingen Wochen, ohne dass ich etwas von Lord Robert hörte. Auch nach Monaten tauchte er nicht auf, sondern ließ mich zufrieden.

Vielleicht hatte er auch endlich das Interesse an mir verloren. Es sah ganz danach aus. Dafür sah ich seine ekelhafte Visage ständig in den Zeitungen.

Die Leute schienen ihn nicht nur zu mögen, sie liebten und verehrten ihn fast schon. Man schrieb sogar über sein Leben, doch nie erwähnte er eine Familie. Und mit keiner Silbe seine Nichte. Als er in einem Interview gefragt wurde, ob er denn nach dem tragischen Tod seiner geliebten Schwester noch Familie hatte, verneinte er dies stets.

Ich hoffte tatsächlich, dass er mich vergessen hatte. Auch ich war zu sehr beschäftigt, um auch nur einen Gedanken an ihn zu verschwenden.

Die Mühle musste instandgehalten werden. Die Räume meiner Eltern wollte ich in Ehren halten, indem ich sie nicht verkommen ließ. Hin und wieder fegte ich ihr gemeinsames Schlafzimmer, vermied es aber, etwas umzustellen. Ich beließ alles so, wie meine Mutter es hinterlassen hatte.

Um ihr Andenken zu wahren. Aber ich vermied es auch, mich dort lange aufzuhalten. Zu viele Erinnerungen hingen schwer in der Luft. Viel lieber hielt ich mich im Keller meines Vaters auf. Dort war es weniger trostlos. Ganz im Gegenteil. Ich genoss es, von all seinen Wunderwerken umgeben zu sein. Immer wenn ich die Tür zu seinem Kämmerchen öffnete, schlug mir der Geruch von altem Holz und Messing entgegen. Obwohl Keller für gewöhnlich feucht und kühl waren, strahlte dieser eine gewisse Wärme aus, die ich mir nicht erklären konnte. Und er roch nach ihm. Er war und würde wohl immer da sein, in seinem kleinen Kämmerchen. Hier würde ich mich niemals allein fühlen. Es war mir der liebste und sicherste Ort auf der Welt.

Eines Morgens wurde ich durch ein Geräusch geweckt. Es war eindeutig der Regen, aber er hörte sich näher als sonst an.

Mein Dach hatte ein Loch und das Wasser drang fröhlich tropfend herein. Es lag an mir, das Haus instand zu halten. Und dazu benötigte ich keine fremde Hilfe. Mein Papa hatte mir viel beigebracht. Also kletterte ich mit einer Leiter hinauf zum Leck und deckte es notdürftig mit einer Folie ab, doch ich benötigte Aluminium, ein beständigeres Material, doch. Dies hatte ich bedauerlicherweise nicht zu Hause. Das wollte ich ändern. Also schrieb ich eine Liste an Dingen, die ich ohnehin brauchen könnte, und begab mich mit meinem Ersparten in die Stadt.

Doch dort wurde ich eines Besseren belehrt. Zuerst wollte ich Glühbirnen kaufen. Ihr heller Schein erinnerte mich an Hunderte Glühwürmchen, die in der Dunkelheit Licht spendeten. Meine Mutter wollte diese Art von Licht nie im Haus haben. Auf diese Art Licht zu machen, nannte sie Teufelswerk.

Ihr zuliebe hatte mein Vater dann darauf verzichtet und so gab es bei uns nur Kerzen aus Wachs.

Da meine Mutter aber seinen Keller nie betreten wollte, hatte er dort heimlich Glühbirnen aufgehängt.

Doch die waren schon seit Ewigkeiten durchgebrannt.

Aber der Wunsch, diese auszutauschen, erlosch, als ich die Preise betrachtete. „Verdammt“, entfuhr es mir. Eine einzige Birne kostete so viel, wie ich gerade Geld im Beutel hatte.

Und auch bei den anderen Dingen auf der Liste hatte ich kein Glück. Die Kosten überstiegen mein Vermögen bei Weitem. Damit hatte ich nicht gerechnet. Also ging ich dorthin, wo mein Vater sich früher oft herumgetrieben hatte.

Der Ort befand sich am Rande der Stadt.

Man konnte ihn kaum übersehen, den Ramschplatz. Seine großen Berge an Schrott zeugten von unserer Wegwerfgesellschaft. Er besaß die Größe von etwa zehn Cricketfeldern.

Denn die Stadt kam mit dem Einschmelzen und der Verschrottung nicht mehr ganz nach. Die Gesellschaft war sehr schnell bei solchen Dingen. Anstatt die defekten Gegenstände zu reparieren, wurden diese einfach weggeworfen.

Das war zwar traurig, aber Menschen wie ich lebten davon. Auch eine Art Kreislauf des Lebens. Unser Zeitalter des Fortschritts hatte eben seine Vor- und Nachteile. Da ich noch keine Ausbildung genossen hatte, verdiente ich noch nichts, kam aber gut mit der Waisenpension aus, es reichte, um mich ernähren zu können. Dafür musste ich auch nicht in den Wald, jagen gehen, wie früher, als meine Mutter noch gelebt hatte. Damit fiel die mühsamste Arbeit weg.

Der Zutritt zu diesem Ort war den Leuten weder erlaubt noch verboten. Es war sozusagen eine rechtliche Grauzone.

Ich hatte Glück. Der Platz war heute wenig besucht und ich fand dadurch rasch, wonach ich suchte. Ich ergatterte eine Aluminiumplatte, die ich für das Dach verwenden konnte. Sie hatte sogar die perfekte Größe. Doch sie war schwer, also schnallte ich sie mir mit Lederriemen auf den Rücken.

Sogar ein paar Glühbirnen fand ich, die noch nicht durchgebrannt waren. Nach meiner Einkaufstour war ich ganz schmutzig und sah aus wie die arbeitenden Männer, die alles in die Pressmaschine und dann in die Brennöfen warfen.

Die letzte große Wolke am Himmel verzog sich und die Sonne brach allmählich hervor. Und das verwandelte in Windeseile den Schrottplatz in einen unerträglich heißen Ort. Als wäre es mitten im Hochsommer. Mein Rücken kam ins Schwitzen, da das Aluminium, so wie die Berge an Ramsch, die mich umgaben, auf die Sonne reagierten. Sie nahmen die Hitze auf und leiteten diese gnadenlos an ihre Umgebung weiter.

Das Wetter war zu schön. Jetzt wusste ich, warum meine Eltern nur hierhergekommen waren, wenn es durchgehend neblig gewesen war.

Und es war so grell, die Sonne reflektierte so stark, dass mich alles blendete, egal wohin ich blickte.

Ich sollte besser aufbrechen und den Ort verlassen, bevor ich selbst zerschmolz und so ein Teil des Ramsches werden würde.

Also kämpfte ich mich vollbepackt mit meinen neuesten Sachen durch die letzten Metallberge.

Kurz vor dem Ausgang hielt ich inne.

Denn ein Geräusch ganz in meiner Nähe erregte meine Aufmerksamkeit. Es passte gar nicht zum Maschinenlärm. Etwas klickte.

Panisch sah ich mich um. Doch bis auf die Männer, die das ungewollte Zeug in die Maschinen schaufelten, war nichts Verdächtiges zu sehen.

Das Geräusch wiederholte sich, und zwar mehrmals hintereinander.

Und wieder. Klick. Klick.

Je weiter ich vorwärtsging, desto lauter wurde es.

Ich kam also näher.

Obwohl ich nicht sonderlich gut sehen konnte, beschloss ich, dem Geräusch zu folgen.

Nicht weit von mir entdeckte ich etwas auf einem der Berge. Dort regte sich etwas. Zwei Knopfaugen und eine kleine blecherne Hundeschnauze schauten zwischen dem Ramsch hervor.

Mein Herz schlug höher. Er steckte unter dem Müll fest und konnte sich daher kaum bewegen, aber gerade noch genug, um sich bemerkbar machen zu können.

Der Weg zu dem hilflosen Geschöpf war von spitzem Metallmüll übersät, der mein Schuhwerk mit Sicherheit durchlöchern würde. Aber in nur wenigen Stunden würde dieses kleine Geschöpf in der Pressmaschine landen.

Ein Mann arbeitete den Berg mit der Schaufel ab. Wie die anderen Männer trug er schweres Schuhwerk und robuste Hosenträger zierten seine von Öl getränkten und stark abgetragenen Hosen. „Verzeiht, Sir!", sprach ich ihn an.

Er sah mich abschätzig an, stützte sich auf seine Schaufel und wischte sich mit der halbwegs sauberen Hand den Schweiß von der Stirn. „Könntet Ihr mir vielleicht helfen und etwas von diesem Berg herunterbringen?"

„Natürlich", antwortete dieser.

„Ich danke Eu–", setzte ich an, noch während sein Blick verschlagen wurde.

„Das macht zehn Pence."

Ich starrte ihn mit offenem Mund an.

Wahrlich, was für eine Dreistigkeit.

„So viel habe ich nicht!"

„Tja. Dann habt Ihr wohl Pech." Er zuckte gleichgültig mit den Achseln.

„Na fein, dann mach ich es eben selbst", sagte ich und spürte, wie Wut in mir hochkochte.

Ich schnallte meine gesammelten Güter vom Rücken und ließ sie zu Boden gleiten.

„Sich was von meinem Berg zu holen, kostet auch. Und zwar … sieben Pence für jedes funktionierende Stück."

„Das ist doch nicht Ihr Ernst!" Dazu hatte er kein Recht.

„Dann eben nicht", antwortete er.

„Danke", sagte ich und wollte an ihm vorbei, doch er schnitt mir den Weg ab.

„Netter Versuch", meinte er belustigt.

Ich gab mich geschlagen. „Na gut, abgemacht!"

Mittlerweile brannte die Sonne beinahe unerträglich. Es fühlte sich allmählich an, als würde ich in einem der Brennöfen sitzen. Ich hielt mir die Hand vor das Gesicht, als ich immer höher den Berg aus Ramsch hochging. Das letzte Stück war am beschwerlichsten. Wie befürchtet, schnitten und streiften mich spitze Kupfer- und Stahlteile, ich blieb immer wieder an ihnen hängen. Die Kratzer brannten, aber ich hatte nur Augen für dieses arme Geschöpf. Ich ging weiter. Nichts war schlimmer als verbrannt und verschrottet zu werden.

„Hey, Lady!", rief der Schrottarbeiter mir nach. „Das ist zu gefährlich." Zwei weitere Männer hatten sich zu ihm gesellt. Sie hatten wohl nicht damit gerechnet, dass ich mich so weit rauf wagte.

Klick, klick, machte das metallene Wesen, je näher ich ihm kam.

Ab und an stolperte ich und rutschte dabei etwas hinunter, weil ich immer wieder an Gegenständen hängen blieb. Den Weg hatte ich wirklich unterschätzt.

Ich biss die Zähne zusammen und ging weiter, bis ich das Hündchen, oder was immer es auch war, erreichte. Es schnaubte hörbar.

Tiere aus Metall konnten nicht bellen oder knurren, nur schnauben oder aus ihrer Schnauze dampfen.

„Alles wird gut", stöhnte ich außer Atem und kniete mich hin. Erleichterung breitete sich in mir aus, da ich das arme Wesen erreicht hatte.

Auch mechanische Tiere hatten eine Seele. Und Gefühle. So ging man nicht mit treuherzigen Gefährten um.

Ich war fassungslos, aber nicht überrascht.

Mit meinen Händen hievte ich die Gegenstände und Trümmer beiseite und befreite den kleinen Körper.

Es war wirklich ein Hund, ein kleiner Dackelrüde Doch er bestand nicht aus Fleisch und Blut, auch kein Fell überzog den Körper, sondern eine Mechanik aus kupfernen Metallrädern, um-

geben von robusten Messingplatten. Seine kleinen runden Knopfaugen starrten mich groß an.

„Hab dich“, keuchte ich und nahm ihn vorsichtig in meine Arme. Sein linkes Hinterbein war verkürzt, denn ihm fehlte eine ganze Pfote.

Ansonsten schien er in Ordnung zu sein.

Behutsam streichelte ich über seinen glatten Rücken. Er wedelte darauf freudig mit seinem Schwänzchen und blies mir Dampf ins Gesicht.

Und ich lachte verzückt auf. Ich verstand nicht, wie man so ein liebenswertes Lebewesen einfach dem Feuer überlassen konnte.

Die kleine Blechnase war anfangs sicherlich ein glücklicher, gewollter Familienhund gewesen. Geliebt und gebraucht, bis er sich eines Tages beim Herumtollen oder Spielen mit seiner Familie verletzte.

Die Schrauben und Kupferräder für eine neue Pfote hätte man ersetzen können, aber stattdessen wurde er einfach komplett ersetzt. Mit Sicherheit, denn das war keine Seltenheit, es passierte ständig. Hunde seiner Art dienten als Familienhunde, um zu sehen, ob der Nachwuchs auch mit einem echten Hund zurechtkäme. Wurden solche Geschöpfe beschädigt, war es leider oft gang und gäbe geworden, sich nicht mehr die Zeit zu nehmen, etwas zu reparieren.

Es war wahrlich grausam, aber so funktionierte unsere Gesellschaft. Schnell im Fortschritt und somit eine noch schnellere Wegwerfgesellschaft.

Nur die reichere Schicht konnte sich Haustiere wie diese leisten.

Ihre Herstellung kostete Unmengen an Geld und die Produktionstechnik überholte sich monatlich selbst und das in so einer Geschwindigkeit, dass es keine passenden Ersatzteile mehr gab.

Ich zog meine schweißgetränkte Jacke aus und wickelte den Kleinen damit ein, da meine Hände zu wund und zu schwitzig waren, um ihn sicher nach unten zu bringen.

Eine manierlichere Option stand mir leider nicht zur Verfügung. Ich versprach, ihm später ein eigenes Hundetäschchen zu stricken und mich um ihn zu kümmern.

So hob ich ihn in meiner Jacke auf. Dann wagte ich mich ganz vorsichtig mit ihm den Berg wieder hinunter.

Noch bevor ich unten ankam, spürte ich, wie er mir ständig Dampf ins Ohr blies.

Ich betrachtete ihn, er war eingeschlafen. Das arme Kerlchen.

Ich wusste nicht, wie, aber bald hatte ich wieder normalen Boden unter meinen Füßen.

Ich blickte auf mich herab. Erst jetzt bemerkte ich das Blut. Es hatte sich in meinen Schuhen gesammelt, auch sie waren nun völlig zerschlissen. Meine Beine schmerzten, sie waren komplett von Schrammen übersäht. Alles brannte und schmerzte, aber das kümmerte mich nicht.

Ich war blutverschmiert, aber glücklich wie schon lange nicht mehr. Die Verschrotter starrten mich mit offenen Mündern an.

„Ihr seid ja verrückt, Lady!“, sagte einer von ihnen.

Ich beachtete sie gar nicht. Sondern schulterte mein Hab und Gut auf dem Rücken und drückte dem perplexen Arbeiter kommentarlos die geforderten Pennys in die Hand. Anschließend verließ ich den Ramschplatz. Nach jenem Tag dachte ich, Klick-Luck und ich würden eine erste schöne gemeinsame Zeit haben.

Wie sehr ich mich irrte.

Ich füllte Wasser in seinen Napf, doch er trank erst, wenn ich außer Reichweite war.

Seit ich ihn nach Hause gebracht habe, lief er mir nicht mehr zu.

Klick-Luck ließ sich von mir nicht mehr streicheln. Wenn ich es wagte, ihm zu nahe zu kommen, dampfte er mich an und schnaubte und schnappte nach mir.

Und er gehorchte mir nicht, wenn ich ihn rief.

Ehrlich gesagt ignorierte er mich meistens völlig.

Auch weigerte er sich, im gemeinsamen Bett zu schlafen.

Nur wenn er weit genug Abstand von mir hielt, wirkte er glücklich.

Er brauchte viel Auslauf, wie ich feststellte. Klick-Luck düste durch die Straßen, wie man es von einer Kupferschnauze dann doch nicht erwarten würde. Sein Hinken störte ihn nicht dabei, die Wiesen zu durchstreifen oder zu laufen wie jeder andere Hund auch, auch wenn er dabei manchmal auf die Schnauze fiel. Er rappelte sich wieder auf und lief weiter, als wäre das nicht passiert. Es kümmerte ihn nicht, worüber ich auch sehr froh war.

Die Wochen vergingen, doch die Probleme mit seinem Sozialverhalten hielten an. Ich hatte gehofft, es würde mit der Zeit besser werden.

Nicht selten weinte ich deswegen nachts. Ich wusste einfach nicht, was ich falsch machte.

Ich wusste auch, ich sollte ihm mehr Zeit geben, um sich einzugewöhnen. So betrachtete ich jeden Abend den schlafenden Klick-Luck und rief mir in Erinnerung, dass er an jenem Tag auf dem Ramschplatz wohl gestorben wäre, wäre ich nicht auf sein Klicken aufmerksam geworden. Nicht ich hatte ihn gefunden, sondern er mich.

Er war von seiner vorigen Familie einfach weggeworfen, verstoßen worden. Ich glaubte, Klick-Luck spürte oder wusste das sogar. Er trug so viel Wut in sich, aber sicherlich auch Angst.

Die große Furcht, wieder im Stich gelassen zu werden, musste eine tiefe Wunde in ihm hinterlassen haben. Aber ich würde ihn nie aufgeben und hoffte, irgendwann sein Vertrauen zu verdienen. Und dann wären wir gemeinsam ein bisschen weniger allein.

GESTERN, SPÄTER NACHMITTAG

IN DIE DUNKELHEIT

Mein Herz schlug mir bis zum Hals. Es gab nun kein Zurück mehr. Kein Entrinnen.

Ich sah mich um und achtete darauf, mein Gesicht verborgen zu halten.

Das Zelt war überraschend klein. Wir standen in einer Art Vorzelt.

Schwarz-weiße Plakate zierten die Wände, die durch den Zug des Windes flatterten, und in der Mitte stand ein Tisch, vor dem Menschen in einer Reihe anstanden und warteten. Hinter dem Tisch erkannte ich einen Zugang, der im Finstern lag und mit zwei scharlachroten Seilen den Zutritt verwehrte.

Da begriff ich: Das hier war wohl eine Art Vorverkaufszelt, in dem man die Eintrittskarten erwerben konnte.

Das Antlitz des Kartenverkäufers konnte ich nicht erkennen, da die Menge ihn verdeckte.

Lord Robert schnaufte beim Anblick der vielen Leute und bugsierte uns ans Ende der Schlange.

Der Boden unter meinen Schuhen fühlte sich weich an. Er bestand aus aufgeschütteten Baumrinden und Sägespänen.

Die Düfte von feinster Zuckerwatte und Popcorn hingen nun schwerer in der Luft. Was mich einst erfreut hatte, löste nun Brechreiz in mir aus.

Aber ich nahm noch ein paar Gerüche wahr.

Mein Herz begann sich ob der Vertrautheit zu beruhigen. Es roch penetrant nach Eisen und Metall.

Es war so, als wäre das Arbeitskämmerchen meines Vaters gleich um die Ecke.

Papa … Er hätte das hier nie zugelassen.

„Ein Vorverkauf also", riss mich Roberts Stimme aus meinen Gedanken. „Du hast wohl noch etwas Gnadenzeit", raunte er nahe an meinem Ohr und berührte es dabei fast mit seinen feuchten Lippen. „Dein erster Auftritt wird wohl noch nicht heute Abend sein."

Angewidert wich ich von ihm zurück.

Ein Geruch stieg in meine Nase. Er war so leicht, nicht mehr als ein Hauch, und doch nahm ich ihn wahr. Denn dieser war mir leider auch sehr vertraut.

Er umgab mich vor langer Zeit und dennoch war er nahezu unvergessen. Der Duft der Verwesung.

Vor vielen Jahren, als ich noch nicht einmal zehn war, verunglückte mein Vater mit seinem selbst gebauten Luftschiff, nicht weit von unserem Zuhause.

Es stürzte ab und zerschmetterte auf der Erde. Der große Feuerball spiegelte sich in unseren Augen wider.

Männer brachten den Körper meines Vaters nach Hause. Meine Mutter hätte es sonst nicht glauben wollen.

Ich weiß noch gut, wie er auf der Kaminbank gebettet dalag, leblos wie eine seiner Strohpuppen. Erst da wurde mir klar, ich würde niemals mehr mit ihm durch die Wälder streifen, mit ihm in seinem Keller sitzen, seinen Geschichten lauschen.

Sein Körper aber blieb auf wundersame Weise beinahe unversehrt. Womöglich war er noch vor der Explosion über Bord gegangen. Sein Körper war bis auf sein Gesicht verdeckt, nur ein blutiges Einschussloch an seiner Stirn verriet mir, dass er nicht einfach schlief.

Eine Kugel hatte also sein Leben beendet.

Man sagte meiner trauernden Mutter, dass es wohl Selbstmord gewesen war, und dass er schon seit Tagen tot mit dem Schiff flog, ehe es führerlos den Geist aufgab.

Wegen unserer Geldsorgen vermutete man als Ursache der Tragödie. Aber meine Mutter äußerte sich nie dazu, kein Wort verlor sie darüber. Doch ich wusste, dass auch sie ihre Zweifel gehabt haben musste. Er hatte uns geliebt, nie hätte er uns absichtlich im Stich gelassen.

Ich durfte mich ihm nicht weiter nähern und ihn schon gar nicht berühren.

Ihn umhüllte bereits der Duft der Vergänglichkeit, wie Lord Robert, als er mir bei der Beerdigung meiner Mutter nahegekommen war.

So wie gerade eben.

Ich mochte mich einmal täuschen, aber nicht zweimal. Der Hauch des Todes haftete an ihm, wie ein langer, stinkender Rattenschwanz, den er mit sich zog.

Mittlerweile war ich mir gar nicht mehr so sicher, ob der Mörder meiner Eltern nicht gerade vor mir stand.

GESTERN, SPÄTER NACHMITTAG

DIE SECHS ATTRAKTIONEN

Wir standen noch nicht lange in der Reihe, da löste Lord Robert seinen Griff und ließ mich endlich los. Die Leute standen dicht gedrängt neben uns, eine Flucht war daher ausgeschlossen.

Auch ich wusste nicht, ob Lord Robert mich auf die Probe stellte oder ob er wieder nur eines seiner Spielchen spielte.

Ich wagte es daher nicht, von seiner Seite zu weichen, und fühlte mich dabei wie ein kleines Kind, das wohlerzogen und brav aufs Wort folgte. Wenn ich aber an seine Pistole dachte, kam ich mir dabei nicht mehr ganz so närrisch vor.

Mein Blick fiel auf die Plakate an der Wand neben uns.

Ich trat so nahe, wie ich konnte, um sie genauer zu betrachten. Auf ihnen waren die aktuellen Freaks zu sehen, aufgezeichnet als Silhouetten mit weißer Wachsmalkreide. Jeder von ihnen hatte ein eigenes Plakat:

Bloody Mary. Die Hexe, die mit gespaltener Zunge spricht. Eine große Frau mit langen Beinen und einer Schlange um die Schultern.

Das Ding. Nur das Gesicht einer Frau war abgebildet, es sah verstörend aus, denn man hatte ihr noch ein zweites Gesicht neben das andere gemalt.

Der Wolfsmann. Ein Mann, dessen Körper von Fell bedeckt war. Seine Füße waren die eines Wolfes. Er trug einen Maulkorb.

Die goldene Engelspuppe. Eine weiße, weibliche Gestalt. Ihre Haare waren unglaublich lang und ihr Kopf war in eine unnatürliche Richtung verrenkt.

Der Riese mit dem Teufelsrückgrat. Ein großer Mann, dessen nackter Rücken eine verkrümmte Wirbelsäule besaß, die an eine gehörnte Schlange erinnerte.

Der Feuerschlinger aus dem Dschungel. Ein Mann, der Feuer spie. Aus Mund, Nase und Ohren.

Ich musste ehrlich zugeben, sie sahen allesamt furchterregend aus. Menschen wie die … hatte ich noch nie gesehen und der bloße Anblick der Silhouetten jagte mir einen eisigen Schauer über den Rücken. Aber genau das sollten sie auch. Täuschen. Sie alle waren bewusst überzeichnet, um Interesse zu wecken. Denn überirdische Wesen existierten nicht und so etwas wie Magie gab es nicht …

Wenn die alle so fürchterlich waren, hätte der Direktor sie niemals halten können. Nie und nimmer waren diese Attraktionen freiwillig hier, genauso wenig wie ich es sein würde. Sie waren wie ich, ohne Magie und mittellos, aber leicht zu zähmen. „Welch wundersame Kreaturen."

Ich trat zurück und sah meinem Monster ins Gesicht.

Lord Robert war neben mich getreten und beäugte nun ebenfalls die gezeichneten Personen.

„Du wirst also in bester Gesellschaft sein, das ist gewiss. Ihre Namen klingen schon legendär und extraordinär. Interessant, nicht wahr?"

Er sah mich spöttisch an und ahnte, welche Frage sich in seinen Augen widerspiegelte.

Wie würde man mich wohl nennen?

GESTERN, SPÄTER NACHMITTAG

EINE BESONDERE VORSTELLUNG

Immer wieder reckte Lord Robert dem Kopf nach vorne. Die Ersten in der Schlange hatten schon vor etwa zwanzig Minuten das Vorzelt mit ihren Eintrittskarten in den Händen nach draußen verlassen.

Die Menge vor uns wurde kleiner und kleiner, aber Lord Robert war kein Mensch der geduldigen Sorte. „Ich will doch nur zum Direktor!“, brummte er und wies mich an, ebenfalls Ausschau nach diesem zu halten. Aber den Teufel würde ich tun. Für mich konnte alles nicht lang genug dauern.

Aber nach einer kurzen Weile wurde es ihm dann doch zu bunt. Lord Robert packte mich fest an der Hand und zog mich mit sich. Empörte Rufe folgten uns, als er sich an die Spitze der Schlange drängelte. Er ignorierte diese gekonnt.

Vorne angekommen, wich Lord Robert zurück, als hätte man ihm einen Schlag verpasst.

Er brachte so schnell einen Abstand zwischen sich und den Kartenverkaufsstand, dass er mich dabei beinahe umstieß.

Ich fing mich gerade noch. Dann sah ich, was ihn so panisch hatte zurückweichen lassen.

Die beiden Frauen, die nun beim Kartenverkauf an der Reihe waren, hielten sich an den Händen. Eine von ihnen strich zart über den Handrücken der anderen. Ich konnte mir ein leises Lachen nicht verkneifen.

Beide trugen wie die meisten hier feine Perlengewänder, doch sie passten nicht ganz zu den anderen. Dies dachte sich wohl auch der ach so feine Herr Bürgermeisteranwärter Dovers, dessen Augen immer größer wurden.

„Wir hätten gerne zwei Karten für den morgigen Zirkusabend", sagte eine von ihnen dem Mann hinter dem Tisch.

Aufgrund der Größe der Frauen konnte ich immer noch nicht den Mann hinter dem Verkaufsstand sehen. Ich stellte mich auf die Zehenspitzen, doch ich konnte nur eine alte Registrierkassa aus Messing und eine Art Buch zwischen den Köpfen der Damen erhaschen.

Der Kartenverkäufer schwieg oder zumindest hatte ich seine Antwort nicht gehört.

„Für den Zirkus morgen Abend", wiederholte die Dame erwartungsvoll.

Erneutes Schweigen. Als wartete der Kartenverkäufer auf etwas Bestimmtes.

„Zwei Tickets. Für die morgige Zirkusvorstellung, bitte", fragte nun die andere Frau lauter.

Mein Gefühl sagte mir, ihnen war nicht ganz klar, um was für eine Art der Vorstellung es sich in tatsächlich handelte.

„Die Tickets sind leider ausverkauft", antwortete ihnen der Kartenverkäufer schließlich, aber äußerst monoton.

„Oh. Nun, gibt es denn Tickets für eine andere Vorstellung?"

„Nein." Seine Stimme klang blechern, doch ich konnte immer noch keinen Blick auf ihn erhaschen.

Die Frauen sahen sich enttäuscht an, gaben aber nicht gleich auf. Sie drehten sich um und deuteten auf die Schlange und auf uns.

„Aber seht Ihr denn nicht, es stehen doch noch so viele an. Weshalb, bei Mutter Natur, schließt Ihr dann nicht?"

„Es gibt noch Karten, nur die sind vorreserviert. Auf Namen."

Ein weiß behandschuhter Finger deutete auf das Buch auf dem Tisch. „Der Andrang auf unsere Vorführungen ist immer groß. Direktor Lambs Zirkus erfreut sich großer Beliebtheit."

„Auf Namen? Noch nie gehört", antworteten die Frauen wie aus einem Munde. Ich tatsächlich auch nicht.

„Vielleicht habt Ihr nächstes Jahr mehr Glück. Tut mir leid", sagte er, doch ehrlich hörte sich das nicht an. Er machte sich eindeutig über sie lustig. Obwohl ich nicht verstand, was genau daran witzig sein sollte.

Verwundert und sichtlich enttäuscht zogen die beiden Frauen von dannen.

Wenn ich das abfällige Flüstern der Leute richtig vernommen hatte, waren sie hier sowieso nicht willkommen. Außerdem wagte ich zu bezweifeln, dass sie diese Art von Show genossen hätten.

So schnell konnte ich gar nicht reagieren, da packte Lord Robert mich erneut und stürmte zum Kartenverkäufer.

Er konnte es nicht erwarten, mich für immer loszuwerden und auch noch eine Unmenge an Geld dafür zu kassieren.

Ich wünschte mir, diese Ungeduld würde eines Tages sein Untergang sein.

Der Kartenverkäufer blickte in meine Richtung. Zumindest glaubte ich das, denn sein gesamtes Gesicht lag hinter einer schneeweißen Maske, die vom Stirnansatz bis zu seinem Kinn reichte. Deswegen hatte seine Stimme so seltsam geklungen.

Er trug einen weinroten Mantel, der einen hohen Kragen besaß und seinen Hals zur Gänze bedeckte. Seine Hände steckten in weißen Samthandschuhen. So verbarg sich jeder Zentimeter seiner Haut hinter Stoff.

„*Die dunkelste Vorstellung*, bitte", raunte Lord Robert dem Mann verschwörerisch mit einem Augenzwinkern zu und grinste dreckig.

Das war ein Code, begriff ich. Denn der Kartenverkäufer nickte und griff nach zwei Eintrittskarten. Die Leute, die hier wirklich willkommen waren, wussten also ganz genau, was sie sagen mussten.

„Nein, nein, junger Mann!“, sagte Lord Robert. Er packte mich an den Schultern und schob mich ganz nahe an den Tisch, als wäre ich Erklärung genug.

„Ich habe mit dem Direktor zu reden. Ich habe ein Angebot, das er nicht ausschlagen wird.“

„Wie meinen?“, fragte der Kartenverkäufer irritiert.

„*Das* hier wird euer neues Mitglied“, sagte Lord Robert mit vorgehaltener Hand und deutete verschwörerisch auf mich.

Die braunen Augen, die durch die Maske schauten, ruhten für einen Augenblick auf mir.

„Das glaube ich nicht“, antwortete er frostig. Seine Freundlichkeit schien wie wegewischt. Lord Robert runzelte zuerst die Stirn. Dann erhob er seinen Zeigefinger, um darauf etwas zu erwidern, da ertönte aus dem abgesperrten Durchgang eine Stimme.

„Bring die beiden zu mir!“, krächzte sie. Sie klang autoritär. Ich erschauderte.

Der Kartenverkäufer versteifte sich und zog die Schultern hoch.

Er stand auf und entschuldigte sich für einen Moment bei den noch wartenden Menschen.

Er winkte uns zu sich. „Mir nach, bitte.“

Er öffnete das Absperrband und bedeutete uns, ihm zu folgen.

Lord Robert machte ein triumphierendes Gesicht und ließ sich nicht zweimal darum bitten.

„Riechst du eigentlich Tiere?“, fragte Lord Robert an mich gewandt, während wir durch einen dunklen Flur gingen, der kaum eine Sicht erlaubte. Man sparte wohl noch an den Lichtern.

„Na, ich nämlich auch nicht“, beantwortete er sich die Frage selbst, als ich es vorzog, nichts darauf zu erwidern. Ich war zu sehr damit beschäftigt, nicht mit meinem Peiniger zusammenzustoßen oder ihm auf die Füße zu treten. Er konnte doch nicht ernsthaft glauben, ich wäre an einer unbeschwerten Unterhaltung mit ihm interessiert.

„Sehr löblich, wenn sie wirklich keine haben“, fuhr er ungerührt fort. „Man stelle sich das nur mal vor! Die armen Wildkatzen oder Rösser! Tiere sind wertvoll, sie gehören nicht zur Schau gestellt oder eingepfercht. Das wäre ja äußerst unmenschlich, nicht wahr?“, sagte er todernst, doch der mitschwingende sarkastische Unterton entging mir keineswegs. Ich wusste genau, worauf er anspielte. Sein hinterlistiges Lächeln konnte ich aufgrund der Dunkelheit zwar nicht erkennen, aber ich spürte es regelrecht in diesem Augenblick.

Einmal mehr wünschte ich mir, er würde sich in Luft auflösen.

GESTERN ABEND

AUGEN IN DER FINSTERNIS

Ich hörte, wie der Kartenverkäufer stehen blieb, und ich glaubte die Umrisse eines Vorhanges zu sehen, den er geräuschvoll beiseite schlug. Dahinter verbarg sich ein Raum, der nur durch das Licht des Mondes erhellt wurde, das durch den Stoff des Zeltes schien.

In diesem angekommen, fühlte es sich an, als legte sich ein eiskaltes Tuch über uns, als wären wir in einer feuchten Gruft. Langsam gewöhnte ich mich an das spärliche Licht und erkannte zwei grüne Augen, die uns aus einer schattigen Ecke heraus beobachteten, sie kamen langsam näher. Sie gehörten einer Gestalt, die aus dem Dunkeln trat.

Mit langsamen, schlurfenden Schritten, die auf dem Boden kratzten, kam sie auf uns zu und trat ins triste Licht.

Sie erinnerte mich an eine Schreckfigur, wie man sie aus Märchenbüchern kannte. „Direktor Ryan Lamb“, stellte sie sich vor. Eine dürre, knorrige Hand streckte sich Lord Robert entgegen. Die andere Hand hielt einen Stab, der ganz nach einem Dressierstock aussah. Er trug einen langen karminroten Frack und eine festliche Nadelstreifenhose, die leicht ausgebeult war. Obwohl alles, was er anhatte, sicher einmal schön gewesen sein musste, hatten die Sachen die besten Jahre wohl eindeutig hinter sich und wirkten ausgefranst und alt wie ihr Träger selbst, der mindestens sechs Jahrzehnte erlebt haben musste.

Seine Haut war ölig und ledern und seine wenigen silbernen Haarsträhnen hingen bis zu seinen breiten Schultern hinab. Er wirkte auf mich wie jemand, der einmal in seinen jungen

Jahren stark gewesen sein musste, doch jetzt war er dürr, fast mager. Unter seinem ergrauten Schnurrbart wirkte sein Gesicht eingefallen und fahl, als sehe er nicht viel Tageslicht.

Auf seinem Haupt trug er einen hohen, schwarzen Zylinder.

Die Augen des Direktors huschten zu mir, als Lord Robert seine Hand ergriff und sie schüttelte.

„Lord Robert Rufus Talbot, richtig?“, krächzte er, ohne den Blick von mir abzuwenden.

Mein Verwandter erstarrte. Ich vermute, diese Scharfsinnigkeit hatte er von einem Direktor, einem gewöhnlichen Wanderschausteller, der von Land zu Land reiste, wohl nicht erwartet. Für einen Moment dachte ich, er würde es leugnen, aber er fing sich rasch wieder. „Ja, der bin ich.“, sagte er und seine Brust schwoll an. „Ich hoffe, Ihr bleibt diskr–“

„Nun, ich kenne Euch. Aus der Zeitung.“ Jetzt starrte der Direktor ihn an und wirkte auf einmal höchst interessiert.

„Tja, nun …“, setzte der Bürgermeisteranwärter säuselnd an, als fühlte er sich geschmeichelt, doch der Direktor unterbrach ihn erneut.

„Ihr seid viel kleiner, als ich dachte“, sagte er trocken.

Der Kopf meines Verwandten lief erneut rot an. Diesmal wohl vor Scham und ich wünschte mir, er würde platzen.

Aber der Wunsch war vergebens.

„Wie bitte?“, fragte Lord Robert mit zusammengekniffenen Lippen.

„Ich habe gefragt, ob Ihr mir nicht Eure Ware vorstellen möchtet“, antwortete der Direktor freundlich.

Ich wurde das Gefühl nicht los, dass er mit Lord Robert spielte.

Ich sah, wie es in ihm arbeitete. Wie ungeheuer und suspekt der Direktor ihm doch war. Von Minute zu Minute wurde ihm unwohler. Die Unsicherheit war in seinem Gesicht abzulesen.

Eventuell hätte er sich die Person genauer ansehen sollen, bevor er vielleicht mit dem Teufel höchstpersönlich Geschäfte machte?

„Wer ist das? Eure Schwester? Eure ungeliebte Cousine vielleicht?“, schmunzelte er.

„Die Ausgeburt meiner Schwester“, presste Lord Robert mühsam hervor.

Ich ballte meine Fäuste.

„Na bitte, das war ja nicht so schwer“, erwiderte der Direktor süffisant.

Anschließend griff er ohne jede Vorwarnung nach mir. Er packte mich am Kinn und drehte mich, sodass ich nicht anders konnte als ihn anzusehen.

Ich ekelte mich vor seinen spindeldürren Fingern und seinen vergilbten, langen Nägeln, deren Oberfläche von irgendetwas undefinierbaren Grünlichem überzogen war.

„Sie ist zart und ihr Gesicht ist so glatt. Wie interessant“, grunzte er. Doch als wäre er nicht ganz überzeugt von dem, was er sah, fügte er noch ein zweifelndes „Hm“ hinzu.

Das entging auch Lord Robert nicht, der sofort begann mich anzupreisen, als wäre ich eine reife Frucht auf dem Marktstand. „Nun, nein, nicht alle kleinen Dinger sind behaart“, begann er. „Es ist ganz was Besonderes.“ Ich sah, wie die Lippen meines letzten noch lebenden Familienmitglieds sich wie in Zeitlupe bewegten. *Es*. Er hatte mich *Es* genannt.

„… es kommt nicht aus irgendeinem Loch gekrochen und ist auch keine Wilde“, witzelte Lord Robert und sein Blick blieb dabei ungewöhnlich lange an dem maskierten Kartenverkäufer hängen. Dieser stand, seit er uns hergeführt hatte, unbewegt mit verschränkten Armen im Schatten und rührte sich nicht. Seine Maske war auf Lord Robert gerichtet, aber er schwieg.

„Diese zwergenhafte Kreatur wurde in London geboren", log Lord Robert mit honigsüßer Stimme dem Direktor ins Gesicht. „Da sind alle Weiber glatt wie Porzellanpuppen", sagte er mit seinem Zahnpastalächeln.

„Ich weiß, wie die hiesigen Damen aussehen. Ich selbst wurde in dieser Stadt geboren", antwortete der Direktor barsch.

Dann verstärkte er den Griff und kniff dabei grob in meine Wangen. Er zog mich dicht an sich heran.

„Soso, du bist also eine *Dame* von Welt, ja?", richtete er das erste Mal das Wort an mich. Dabei wehte mir sein säuerlicher Atem ins Gesicht. Es schien, als erwartete er keine Antwort, stattdessen beäugte er mich nachdenklich und rümpfte immer wieder die Nase. Sein Atem verlief stoßweise, als wollte die Luft nicht lange in seiner Lunge verweilen. Nach einer Weile ließ der Direktor mich los.

Aber seine grünen Augen verharrten noch einen Augenblick länger auf mir, ehe er die Arme hinter seinen Rücken verschränkte.

„Hm", machte er dann, als würde er scharf über etwas nachdenken. Doch tat er das wirklich?

„Ihr wollt mein Angebot doch nicht etwa ausschlagen?", fragte Lord Robert zögerlich.

„Hm", wiederholte der Direktor nur.

Er schien seinen Geschäftspartner bewusst auf die Folter spannen zu wollen. Und es funktionierte. Mein Peiniger begann ungeduldig mit den Füßen hin- und herzuwippen.

„Zwanzig Pfund", sagte der Direktor nach einer Weile, die sich für meinem Verwandten wie eine Ewigkeit anfühlen musste. „Was meint Ihr, Lord Robert? Zwanzig Pfund ist sie meines Erachtens wert, nicht mehr, nicht weniger", sinnierte er.

„Achtzehn. Nicht mehr", presste mein werter Onkel nach einer kurzen Pause hervor.

„Wie bitte?", fragte der Direktor verwundert oder tat zumindest so.

„Achtzehn", wiederholte mein Onkel zähneknirschend. „Damit Ihr auch diskret bleibt, versteht sich", fügte er betont hinzu.

„Kein Sterbenswörtchen wird dieses Zelt verlassen. Das kann ich Ihnen versprechen, *Mylord*", gluckste Direktor Lamb und zog seinen Hut vor ihm. Es hätte wohl eine wertschätzende Geste sein sollen, doch sie wirkte irgendwie gar makaber.

Achtzehn Pfund für mein Leben. Da wurde mir augenblicklich klar, dass hier gerade über meine Zukunft bestimmt wurde.

„Warte! Haltet ein, bitte!"

Ich konnte nicht einfach dastehen und zusehen. Das war vielleicht meine letzte Chance, etwas dagegen zu tun. Viele Mittel hatte ich nicht und so tat ich, was dem Bürgermeisteranwärter am liebsten war.

Und so ging ich vor ihm auf die Knie, warf mich in den Schmutz und bettelte um mein Leben.

„Bitte. Onkel", wisperte ich vor Angst und Verzweiflung und zog am Saum seines Mantels. In seinen Augen sah ich Genuss und blanken Hohn, doch keine Gnade. Ich wollte es nicht wahrhaben, nicht sehen.

„Lass das, du machst dich noch lächerlicher, als du ohnehin schon bist!", spie er mir ins Gesicht. Seine Spucke traf mich, doch ich ließ ihn nicht los.

„Bitte … bitte … Tut das nicht. Lasst mich nicht hier. Ich verspreche, ich gehe weit, weit weg. Ich verspreche, ich werde verschwinden", flehte ich.

„Aber das bist du doch schon", erklärte er mir mit einem grausamen Lächeln.

Darauf ließ ich ihn los.

„Verkauft“, sagte Lord Robert feierlich und blickte mir dabei in die Augen. Diese Worte besiegelten mein Schicksal.

Der Direktor grinste dreckig. „Einverstanden.“

Lord Robert putzte anschließend seinen Mantel ab, als hätte ich ihn beschmutzt.

Und ich hätte am liebsten laut aufgeschrien. Es gab nichts, was ich tun konnte. Außer aus erster Reihe dabei zuzusehen, wie vor mir ein Handel geschlossen wurde, der für mich den Rest meines Lebens verdammen sollte.

Münzen wurden ausgetauscht und auf deren Echtheit überprüft. Lord Robert, Geschäftsmann, der er war, biss in jedes Goldstück, ehe sie in einem kleinen Beutel in seiner Manteltasche verschwanden wie der letzte Rest meiner Hoffnung auf Freiheit.

Danach verbeugte er sich tief vor Direktor Lamb.

„Es war mir eine Freude, Mr. Lamb.“

Der Direktor sagte nichts. Er hob nur seinen Zylinder zum Gruß. Dann machte Lord Robert auf dem Absatz kehrt und stolzierte davon, ohne sich noch einmal nach mir umzudrehen.

GESTERN ABEND

GEFANGEN

Ich starrte ihm noch lange hinterher, obwohl er nicht mehr zu sehen war. Doch ich hoffte immer noch, er würde sich besinnen, zurückkommen und mich wieder mit sich nehmen, so sehr ich den Gedanken auch hasste.

„Ihr wollt *sie* ersetzen?“, zerriss der Kartenverkäufer die eingetretene Stille und ich schreckte hoch. Ich hatte ganz vergessen, dass er hier war, da er die ganze Zeit über kein Wort gesagt hatte.

„Sir …“, fügte der junge Mann stammelnd hinzu, als sich die grünen Augen des Direktors auf ihn hefteten.

Seine Miene blieb regungslos und genau das schürte großes Unwohlsein in mir. Er lachte leise.

„Dünnes Eis, Bursche, ganz dünnes Eis. Du vergisst, glaube ich, wer hier der Direktor ist.“ Mit diesen Worten klopfte er seinen Stab zweimal auf die Brust des Maskierten. Dieser zuckte zusammen.

„Und, willst du hier vielleicht Wurzeln schlagen, Junge? Hast du noch den Kartenverkauf offen?“

„Ja, Sir“, antwortete der Kartenverkäufer ergeben.

„Dann steh nicht rum! Beeilung!“, fuhr der Direktor ihn an.

„Verzeihung, Sir! Bin schon unterwegs!“

Darauf verbeugte der Mann sich hölzern, dann lief er los. Und nun war ich ganz allein mit dem Direktor.

Seine Augen fixierten mich.

Rote Adern umrundeten seine grünliche Iris. Ich wusste nicht, ob ich besser wegsehen sollte oder nicht. Ich wollte aber auch keine Schwäche zeigen, also hielt ich seinem Blick stand, wenn auch mit Mühe, denn seit wir hier waren, hatte er kein einziges Mal geblinzelt.

„Sieh an. Noch so ungebrochen", murmelte er. „Das heißt, du hältst noch was aus. Gut so. Denn du wirst meine neue Hauptattraktion in der morgigen Show!"

Auch wenn ich es mir hätte denken können, traf mich diese Verkündung härter als Lord Roberts Ohrfeige.

„DeBell!", blaffte er, ohne mich aus den Augen zu verlieren.

Hinter ihm rührte sich etwas in der Dunkelheit, als hätte er die Schatten beschworen.

„Ja, Direktor?", antwortete eine leise, rauchige Stimme, kalt wie Morgenfrost.

Eine Frau tauchte hinter seinem Rücken auf. Ich fragte mich, ob sie dort schon die ganze Zeit gestanden hatte.

Ich ahnte sofort, wer sie sein musste.

Ihr feuerrotes Haar verriet es mir.

Bloody Mary, die Hexe, wie man sie auf dem Plakat nannte.

Die Haare waren ohne jeden Zweifel der Grund für diese uncharmante Bezeichnung.

Ihre Haut war bronzefarben und ihre Lippen waren voluminös und rot, wie auch ihr flammendes Haar, das sie offen trug. Ihre kühlen smaragdgrünen Augen waren umrahmt von nachtschwarzer Tinte. Sie zog mich in ihren Bann. Sie hatte etwas Katzenhaftes an sich, etwas Geheimnisvolles, als wäre sie die Königin der Nacht selbst. Es fiel mir schwer, ihr Alter zu schätzen, doch sie schien etwas älter als ich zu sein. DeBell, wie sie wohl hieß, trug eine schwarze hautenge Hose aus Leder und ein nabelfreies Mieder mit rot-weiß-roten Streifen. Sie trug keine Schuhe. An ihrem Bauchnabel fiel mir etwas Silbernes auf, in dem das Mondlicht reflektierte. Eine Art Käfer. So eine majestätische Form hatte ich zuvor noch nie gesehen. Die Art gab es bestimmt nicht in Europa, mutmaßte ich.

„DeBell wird dich in dein neues Zuhause führen", verkündete Direktor Lamb. „Geh. Und mach dich mit deiner *neuen Familie vertraut*." Jedes der Worte triefte nur so vor Häme, als er sie mir mit seinem säuerlichen Atem ins Gesicht hauchte.

Instinktiv hielt ich die Luft an.

„Ach, und noch was. Die Zeltwände hier flüstern." Seine Augen huschten hin und her. „Ich. Erfahre. Alles." Er stampfte seinen Stab auf den Boden, um seinen Worten Nachdruck zu verleihen.

Dieser war vergoldet, doch wies er mehrere Furchen auf und an ihm klebte etwas, was ich anfangs für Rost gehalten hatte. Doch ich erinnerte mich, wie der junge Mann in der Maske zuvor zusammengezuckt war, als der Direktor ihn damit auf die Brust geschlagen hatte. Das war kein Rost, dessen war ich mir nun sicher.

Es war ein Stab, der Menschen dressierte. Ein Stab, der mit Gewalt und Schmerz Handlungen erzwang. Ein Werkzeug, das Menschen züchtigte.

An ihm klebte Blut!

Etwas Kaltes rann meine Stirn herunter. Ich wischte es von mir. Es war Schweiß. Angstschweiß.

Die Frau namens DeBell schlug den Vorhang zur Seite. Sie winkte mich zu sich, dann verschwand sie dahinter.

Ich machte einen weiten Bogen um den Direktor und hastete DeBell hinterher.

GESTERN ABEND

RESIGNATION

Eine angenehme Wärme umgab mich, doch die Kälte, die ich in dem Raum des Direktors empfunden hatte, wollte nicht aus meinen Knochen weichen. Ich befand mich wieder auf dem Flur, den wir zuvor genommen hatten. Doch er schien heller zu sein als vorher. Ein gedämpftes Licht wie im Vorzelt erhellte ihn nun. Er war nicht nur schmal, gerade zwei Personen passten nebeneinander hindurch, er war auch außerordentlich lang und führte zu verschiedenen Räumlichkeiten, die ebenfalls von Vorhängen verdeckt waren. Und da waren auch noch die zahlreichen Spiegel, die an den Zeltwänden hingen. Einige waren kleiner, andere größer. Die einen rund, die anderen viereckig, einige waren Taschenspiegel, wieder andere Handspiegel.

Ich wunderte mich, denn beim Abbau des Zeltes mussten all diese wieder abgenommen werden. Aber vermutlich gab es dafür genug Personal.

Ich hatte große Mühe, DeBell einzuholen. Sie schwebte regelrecht über dem unebenen Boden. Der Flur wurde vor meinen Augen länger und länger, als würde er nie enden.

Das hier würde nie enden.

Ich hätte nie nach London kommen sollen, ich hätte versteckt bleiben sollen, um so für die Welt verborgen zu sein. Alles um mich herum verschwamm.

Sie tauchten auf. Ich konnte sie glasklar vor mir sehen. Die Gäste. Sie lachten und zeigten auf mich. Der Direktor, er beugte sich zu mir herunter und hielt mir seinen Dompteurstab an die Kehle, von dem frisches Blut tropfte.

„Ihr wollt sie ersetzen", hörte ich die Stimme des maskierten Kartenverkäufers.

Ich sollte den Platz anstelle einer anderen Person einnehmen. Möglicherweise … Ich zählte eins und eins zusammen … War diese gar nicht mehr am Leben?

Ich verstand in den Moment, dass ich verloren war. Mein Atem ging schneller, mein Herz pochte wie wild und drang hinauf bis in die Ohren.

DeBell verschwand. Ich sah sie nicht mehr vor mir und auch die Spiegel lösten sich um mich herum auf. Ich fühlte mich auf einmal sehr unpässlich. Mein Kopf wurde schwer wie eine Bowlingkugel. Ich schlang die Arme um mich und schnappte nach Luft. Es war, als rückten die Zeltwände näher. Jeder einzelne Nerv fühlte sich an, als würde er in Eiswasser getränkt werden. Meine Zähne klapperten unkontrolliert aufeinander.

Schattenwesen umringten mich, eines von ihnen breitete die Arme vor mir aus und ich sank hinein.

Die Umarmung war so zaghaft, sie überwältigte mich. Minuten vergingen oder waren es gar Stunden? Ich landete auf etwas Weichem, was sich wie eine Matratze anfühlte. Unsichtbare Hände deckten mich zu. Mein Kopf ruhte auf einem Polster aus Stroh.

Und dann brach der Damm, wo immer ich auch war, ich musste loslassen. Meine Tränen tränkten die Matratze.

„Ich will nicht hier sein, ich will nach Hause!", hörte ich eine Stimme, bis ich begriff, dass es meine eigene war.

„Ich weiß", hörte ich eine männliche Stimme sagen. „Ich weiß, doch es wird alles gut werden." Ich wusste nicht, wem sie gehörte. Aber das konnte nur die Stimme eines Engels sein.

Und auf einmal war alles in Ordnung.

Ich nahm es hin, meine Gefühle offengelegt zu haben und von Fremden getragen worden zu sein, von wem auch immer.

Ich konnte mich nicht erinnern, wann ich zuletzt meine Gefühle offen gezeigt hatte, doch ich fühlte eine seltsame Art von Geborgenheit, eine Anziehung, die ich mir nicht erklären konnte, aber das war ebenfalls in Ordnung. Es tat einfach … gut. Meine Augen wurden schwer und ich fiel in einen traumlosen Schlaf.

HEUTE, DREIEINHALB STUNDEN VOR MITTERNACHT

VORSTELLUNGSRUNDE

Unter meinem Kissen hörte ich das Stroh knistern. Jemand musste mich nach meinem Zusammenbruch hergebracht haben, in diese wohlige Wärme. Ich war verkauft worden. Von meinem Onkel, meinem eigenen Blut und das an eine Freakshow.

Ich wünschte mir, ich könnte die Zeit für immer und ewig einfrieren, denn dann müsste ich mich nicht dieser bitteren Realität stellen.

Doch ich wusste so etwas wie Magie gab es nicht. Stimmen. Ich hörte aufgeregte, leise Stimmen. Sie drangen durch den Raum, flüsterten miteinander. „Sie schläft schon viel zu lange", drängte eine weibliche, rauchige Stimme, die mir nur zu bekannt vorkam.

„Sie gehört hier nicht her. Das ist nicht richtig", antwortete eine männliche, missbilligend klingende Stimme.

„Und dann auch noch sie ersetzen, das ist …"

„Haltet die Klappe, ich glaube, sie kommt wieder zu sich!", zischte DeBell.

Gegenstände klirrten, Stühle klapperten und viele Schritte entfernten sich aus meinem Umkreis.

Ich öffnete die Augen und setzte mich auf. Nur langsam lichtete sich der Schleier, der meine Sicht trübte.

Nicht weit von mir entfernt stand ein Mann. Er verschränkte die Arme und musterte mich eindringlich, so wie ich ihn.

Ich musste zweimal blinzeln, um mich zu vergewissern, ob mein Gehirn nicht Schabernack mit mir trieb.

Er war von langer und schlaksiger Gestalt und trug eine abgetragene olivfarbene Pilotenjacke aus früheren Tagen. Ich schätzte ihn ungefähr auf dasselbe Alter wie DeBell.

Auf seinem Kopf trug der Mann eine riesige Flugbrille, unter der braune Locken hervorlugten.

Und von der Hüfte abwärts war sein Leib vollständig bedeckt von pechschwarzem Haar, das keinen Blick auf nackte Haut zuließ.

Es waren mehr als nur Haare, sondern es war ein Fell eines gefürchteten Raubtieres aus den Wäldern.

Er musste der Wolfsmann sein. Diese Bezeichnung, wie die Zeichnungen auf den Plakaten, war, wie zu erwarten, mehr als nur übertrieben. Und doch konnte man die Ähnlichkeit eines Wolfspelzes nicht von der Hand weisen.

„Ist der Tee schon fertig, DeBell? Ich denke, sie kann ihn jetzt ganz gut gebrauchen“, murmelte er. Ihm gehörte also diese missmutige Stimme. Sie passte zu dem griesgrämigen Gesicht, das er machte. Ich folgte seinem Blick und lehnte mich nach vorne, um mir einen Überblick über den Raum zu verschaffen.

Er war groß und lang nicht so trist wie die anderen Zeltabschnitte. Das musste wohl eine Art Gemeinschaftsraum sein. Schminktische standen aneinandergereiht, ein großes, lädiertes und längst durchgesessenes Sofa war zu sehen und weitere Tische mit Stühlen zierten den Raum.

In der Mitte konnte ich eine rothaarige Frau ausmachen, die wohl DeBell war. Sie stand inmitten einer provisorischen Küche und beugte sich über einen riesigen, schwarzen Kessel. Er stand offen auf einer kleinen Kochplatte und Dampf stieg aus ihm empor.

„Nein, noch nicht, Peter!“, antwortete ihm DeBell. „Cala und ich haben ihn gerade erst aufgesetzt.“ Sie blickte kein einziges

Mal auf, als sie das sagte. Konzentriert rührte sie das Gebräu mit einer Holzkelle um. Hinter dem Dampf erkannte ich mehrere Paare nackter Füße, die im Schatten der Zeltwand standen. Das konnten nur die anderen „Attraktionen" sein.

Ich erhob mich und merkte, wie unsicher ich auf den Beinen war. Meine Knie fühlten sich weich an. Ich musste wohl länger geschlafen haben als gedacht.

„Ähm, hallo!", sagte ich verlegen und stellte mich mit meinem Namen vor.

Niemand reagierte. Stille.

„Warum versteckt ihr euch?", fragte ich kleinlaut. „Fürchtet ihr euch etwa vor mir?"

Der Mann mit dem pelzigen Unterleib schnaubte verächtlich. „Die Frage ist wohl eher, ob du uns nicht fürchtest."

„Man nennt uns nicht umsonst Freaks. Wir dachten, es wäre klug, dich nicht gleich zu überfallen", meinte eine sanfte engelsgleiche Stimme aus der Dunkelheit. Ich hatte sie ebenfalls letzte Nacht gehört. Sie strich sanft über meine Sinne.

„Aber nein, nicht doch!", sagte ich schnell.

„Ach ja? Du hast mich soeben angestarrt, als wäre ich ein furchterregender Teufel", antwortete der Wolfsmann und seine Augenbrauen zogen sich zusammen.

„Ich wollte dich nicht anstarren, ich bitte um Verzeihung. Ich bin noch etwas durcheinander", sagte ich so sicher, wie ich konnte.

Daraufhin verfinsterte sich seine Miene noch mehr. Was hatte ich ihm bloß getan?

Sein Blick wanderte erneut zu DeBell. „Wollen wir ihr nicht zumindest ein kleines Schlückchen geben?", fragte er sie genervt.

„Ich habe Nein gesagt! Er wird nicht vor der Show verköstigt", fuhr DeBell ihn an und warf die Kelle zurück in den

Kessel. „Es ist immer dieselbe Prozedur wie jedes Mal, Peter! Das solltest du allmählich begriffen haben. Für seine beruhigende Wirkung benötigt der Tee eine sehr lange Brauzeit. Dass er auch wirklich wirkt, ist wichtig, für uns alle! Und insbesondere für sie“, deutete DeBell mit der Kelle auf mich.

Ich stellte mich auf die Zehenspitzen und erhaschte einen Blick in den Kessel. Er war bis obenhin mit dem Gebräu gefüllt.

Offensichtlich brauchten wir eine ganze Menge davon.

DeBell schüttelte den Kopf und Peter und sie tauschten böse Blicke aus. Dann seufzte sie.

„Wir haben keine Zeit, auf ihre Gefühle Rücksicht zu nehmen“, stellte sie klar. „Wollt ihr einander nicht vorstellen und begrüßen? Rasch. Die Show beginnt bald!“

„Wie bald?“, fragte ich.

Sie nickte zu einer Standuhr, die nicht weit von uns in einer Ecke stand.

Ich erschrak abermals. Sie zeigte bereits auf halb neun abends. Ich hatte den ganzen Tag verschlafen? Es musste stimmen. Denn ich merkte, wie trocken sich meine Lippen anfühlten, und mein Magen knurrte vor Hunger.

„Wir hielten es für klug, dich schlafen zu lassen, so fertig, wie du gestern warst“, erklärte DeBell. Ich nickte ihr dankbar zu, dann stellte ich mich ihnen vor. „Hallo.“, sagte ich zögerlich. „Ich heiße Grace. Einfach nur Grace.“

Nacheinander traten sie langsam aus dem Versteck.

Der Erste, der aus dem Schatten kam, war ein junger Mann.

„Hi!“, sagte er und kam mit einem freundlichen Lächeln auf mich zu, das irgendwie ansteckend war. „Ich bin Atsu“, stellte er sich mir vor, doch ich kannte ihn schon. Seine schelmischen Augen verrieten ihn. Er war der Kartenverkäufer. Er trug seinen Zylinder, aber seine Maske samt Kleidung und Handschuhen hatte er abgelegt. Stattdessen war er in eine kurze ärmellose Jacke und eine kurze beige Hose geschlüpft.

Seine Haut war glatt und so dunkel, wie ich es noch nie an jemandem gesehen hatte – fast schwarz. Einzig unter seiner Nase war er etwas heller. Das war es also, was er am Vortag unter langer Kleidung verborgen hatte, seine Hautfarbe. Konnte das der Grund sein, wieso er Teil der Freak-Gruppe war? Bestimmt ging es den meisten im Publikum genau darum, jemanden anzusehen, der in London eindeutig eine Minderheit darstellte. Er war hier nichts anderes als eine Kuriosität.

Ich selbst fand das grausam. Atsu hatte das nicht verdient – niemand hatte das. Er war auch noch schrecklich jung, allerhöchstens achtzehn. „Schön, dich kennenzulernen. Wir hatten gestern nur kurz das Vergnügen. Ich bin der, den man den Feuerschlinger nennt", sagte er galant und deutete eine kleine Verbeugung an, die aufrichtig wirkte. Ich erwiderte sein Lächeln und machte einen kleinen Knicks. Ein weiterer Mann tauchte auf. Ich legte meinen Kopf in den Nacken. Seine Erscheinung war mächtig. Er war fast so hoch wie das Zelt. Seine Arme waren muskulös und seine Haut auffallend hell. Ich schätzte ihn auf vielleicht vier Meter oder größer und er erinnerte mich an die gewaltigen Statuen aus dem antiken Griechenland, die ich aus den Büchern meines Vaters kannte. Allein seine Hände hatten die Größe von Suppentellern und sein dunkelblondes, zerzaustes Haar besaß viele kahle Stellen. Mit seinem senffarbenen, ausgewaschenen Hemd, seiner zerknitterten Krawatte und der durchlöcherten Hose sah er aus wie ein auf einer Insel gestrandeter Buchhalter.

Der große Mann war kein anderer als der Riese mit dem Teufelsrückgrat.

Er blickte zu mir herunter und trat von einem Bein auf das andere. „Guten Abend", sprach der große Mann verlegen.

„Ich. Ich bin übrigens … Adam.“ Die engelsgleiche Stimme! Die Erinnerung stieg mir als Röte ins Gesicht.

Er war jener Mann, der mich ins Bett gebracht und mir zugeredet hatte, bis ich eingeschlafen war. Oje. Das schickte sich nicht für eine junge Dame. Aber war ich das überhaupt noch, eine Dame?

Ich blickte zu ihm auf. „Danke, dass du mich gestern aufgefangen hast“, sagte ich zu ihm.

„Äh, ja, gern geschehen.“ Er grinste, dann errötete er und kratzte sich am Kopf. „Ich hoffe, es geht dir wieder gut?“

Nein, wollte ich sagen, doch stattdessen nickte ich höflich.

„Ja, ich denke schon. Vielen Dank!“, log ich und zog die Jacke enger um mich. In Wahrheit wollte ich nur nach Hause, wieder mir gehören.

„Gut, das freut mich!“, antwortete Adam und sein Grinsen wurde breit. Erst jetzt bemerkte ich, wie groß sein Mund doch war.

Peter rollte mit den Augen. „Himmel noch eins! Gebt ihr was zu trinken und zu essen, bevor sie uns wieder umkippt“, sagte er in einem hämischen Ton und ich fühlte mich durchschaut.

„Natürlich. Da hast du ausnahmsweise recht. Sie muss zu Kräften kommen“, erwiderte DeBell. „Cala!“, rief sie zur dunkelsten Ecke des Raumes gewandt. „Cala, meine Liebe“, schlug DeBell einen wärmeren Ton an. „Bring ihr doch einen Becher Wasser und es sollte auch noch etwas von deinem leckeren Kuchen da sein.“

Die letzte Person in der Ecke wagte sich langsam ins Licht. Sie war eine Frau mit grauen Haaren. Sie schien neben DeBell die einzige Frau in der Gruppe zu sein. Cala trug ein schlichtes grünes Kleid, das ihr bis zu den nackten Knöcheln reichte. Auch sie hatte, wie der Rest der Truppe, keine Schuhe an, sondern lief barfuß durch den Raum.

Vielleicht durften sie keine Schuhe besitzen oder dieser Umstand sollte eine mögliche Flucht erschweren.

Sie hatte mir den Rücken zugewandt und schlich in die Küchenzeile neben DeBell, wo der Dampf ihr Antlitz verdeckte. Ich hörte, wie sie Schubladen geräuschvoll durchwühlte und Wasser in einen Becher fließen ließ. Dann ging sie mit einem Tablett in ihren Händen leichtfüßig auf mich zu und so konnte ich zumindest ihre rechte Gesichtshälfte sehen. Obwohl ihre Arme und Beine faltenfrei waren und jugendlich wirkten, war ihr Gesicht vom Alter gezeichnet.

Sie hatte einen dunklen Teint und unter ihrem Kinn hing ein geflochtenes, silbernes Ziegenbärtchen. An ihrem Hals trug sie einen Käferanhänger, wie der von DeBell. Vielleicht waren das Freundschaftsanhänger. Sie waren wunderschön.

Ihre blauen Augen waren voller Güte, beinahe großmütterlich. Als würden sie sagen: *Das arme Kind ist ja fast am Verhungern,* als sie mir den Becher Wasser und einen Pappteller mit einem Stück Kuchen in die Hand drückte und danach die Hände zusammenschlug. Vermutlich sah ich verhungert aus.

„Danke, Cala“, sagte ich freundlich. „Schön, dich kennenzulernen.“ Doch anstatt etwas zu sagen, lächelte Cala nur stumm und fuhr mit ihrer Hand zum Mund, sie bedeutete mir zu essen.

„Cala kann nicht sprechen. Aber auch sie heißt dich willkommen“, erklärte DeBell.

Ich nickte daraufhin verständnisvoll und betrachtete das Dessert. Es war ein quadratischer Kuchen aus Biskuitteig in der Form eines Schachbrettmusters. Die eine Farbe war zitronengelb und die andere tintenblau. Und all das war ummantelt von einer pechschwarzen Schicht aus dunkler Schokolade.

Für einen Moment hielt ich inne. Denn auf den ersten Blick sah der Kuchen komplett verbrannt und verkohlt aus. Aus

Höflichkeit und weil mir der Magen knurrte, nahm ich doch einen Bissen zu mir. Ich erwartete einen fahlen Geschmack, doch stattdessen entfaltete sich der Geschmack von dunkler Schokolade und zarter Buttercreme in meinem Mund.

Cala schmunzelte zufrieden, dann lief sie, anstatt sich mir vorzustellen, zurück zu DeBell. Dabei wandte sie mir die linke Hälfte ihres Gesichtes zu. Ich verschluckte mich am Kuchenstück.

Ich unterdrückte den Hustenreiz und gleichzeitig versuchte ich zu verstehen, was ich soeben gesehen hatte. Calas andere Gesichtshälfte sah völlig verwandelt aus. Jünger. Viel jünger. Fast noch ein Mädchen. Da begriff ich, ihr Gesicht besaß zwei Seiten. Sie war jung und gleichzeitig alt. Junge Frau und Greisin. Es war für mich schwer einzuschätzen, wie alt Cala tatsächlich war oder wie jung.

Ich versuchte meine Überraschung zu überspielen, indem ich einen großen Schluck Wasser nahm.

DeBells Mundwinkel zuckten, doch sie sagte nichts dazu. Stattdessen reichte sie Cala den Suppenlöffel und wischte sich die Hände ab. Dann stellte sie sich neben Peter und die anderen Freaks. „Ich denke, du weißt sicherlich schon, wer ich bin", sagte DeBell zu mir, klang dabei fast schon freundlich und berührte mich zaghaft an meiner Schulter. „Ich bin DeBell." Dabei zeigte sie mir ihre makellosen Zähne.

Klick-Luck machte sich in seiner Tasche bemerkbar. Er zuckte und schlug mit seinem Schwänzchen gegen den dicken Stoff, sonst verhielt er sich ruhig.

„Oh, wie unhöflich!", mischte Peter sich ins Gespräch ein und ich zuckte zusammen.

„Habe mich dir ja noch gar nicht vorgestellt", fuhr er fort und ich entspannte mich wieder. Ich hatte schon befürchtet, Klick-Luck wäre von ihm entdeckt worden.

Der Direktor würde ein Haustier sicherlich nicht dulden.

Es versetzte mir einen kalten Stich, denn darüber hatte ich bis jetzt noch gar nicht nachgedacht. Ich schob den Gedanken erst zur Seite.

Peter verneigte sich übertrieben vor mir und ich sah, wie Atsu im Hintergrund die Augen verdrehte. „Man nennt mich Peter. Peter der Wolfsmann. Falls es dir noch nicht aufgefallen ist.“ Er deutete dabei auf seine haarigen Beine und Füße. „Aber. Ich bin auch Erfinder, wenn ich nicht gerade vom Publikum gequält werde“, sagte er und ich wurde hellhörig. Erfinder?

„Dann willkommen bei den Freaks, Grace, der neue Ersatz.“ Sarkasmus schwang in jeder Silbe mit, als er das sagte. Damit drehte er sich um und ließ mich verwirrt stehen.

Ersatz. *Ihr wollt sie ersetzen*. Was hatte das bloß zu bedeuten? Aber eines war klar, ich passte Peter überhaupt nicht in den Kram. Als hätte ich eine Wahl.

Ich seufzte. Die anderen sahen ihm ebenfalls verdutzt nach.

Die Uhr schlug zur vollen Stunde. Ihr harter Gong erschütterte mich tief in meiner Magengrube. Es war neun Uhr abends. Ich sah in die Augen der restlichen Gruppe.

Sie standen mir, bis auf Peter, alle freundlich gegenüber und dennoch blieb ihr Lächeln ohne Glanz und ihre Augen ausdruckslos. Dabei musste ich an den Stab des Direktors denken.

Der Direktor musste sie vor langer Zeit gebrochen haben. Ich ballte die Fäuste. Wir waren Menschen und trotzdem waren wir hier. Das durfte nicht sein. „Komm. Wir machen dich zurecht“, sagte DeBell und trat neben mich. „Es wird bald losgehen.“ Ihre Stimme klang auf einmal sehr müde und heiser.

DREI STUNDEN VOR MITTERNACHT

ALTE NARBEN

Meine Gedanken rasten, als DeBell und die anderen mich zu den Schminktischen führten. Jeder nahm an seiner Kommode Platz, um sich für die Show herzurichten.

An jedem einzelnen Spiegel leuchteten viele kleine Lampen in allen möglichen Farben, die nahezu feierlich wirkten. Überall flogen winzige Staubpartikel und selbst die Spiegel waren beschlagen von Dunst und Schmutz. Wenn man davon absah, sah dieser untröstliche Ort fast schick aus. DeBell steuerte mit mir auf den dunkelsten Platz zu. Die meisten Lampen funktionierten nicht mehr, sie waren durchgebrannt. Ich ahnte, wem dieser Platz einmal gehört hatte. „Setz dich", befahl sie und ich gehorchte, wenn auch nur widerwillig. „Warte einen Augenblick. Bin gleich wieder da." Dann rauschte sie davon.

Ich stellte mein Täschchen mit Klick-Luck darin zu meinen Füßen. Sofort begann er sich zu regen und streckte sein Köpfchen heraus. Ich stampfte auf und zu meiner Erleichterung huschte er wieder ins Innere zurück. *Braves Hündchen!* Ich wagte es noch nicht, sie mit Klick-Luck zu konfrontieren.

Cala saß gleich neben mir. Ihr Tisch wirkte aufgeräumt und fast leer. Nur eine einzige Puderdose und eine Haarbürste lagen darauf.

Auf meinem Schminkpult hingegen herrschte das totale Chaos. Bunte Lippenstifte, Rouge, Farbpasten und andere Puderkästchen stapelten sich verstreut übereinander. Die Person, der all dies gehört hatte, musste wohl schon lange fort sein.

Ich wischte mit meinen Ärmeln über meinen Spiegel, bis das Bild klarer wurde.

Darin erkannte ich Peter. Ich wandte mich um. Ausgerechnet er saß mir gegenüber.

Er hatte mir den Rücken zugewandt. Seine Fliegerbrille lag auf dem Tisch neben ihm. Er kämmte sich konzentriert seine Locken. Seine Jacke war dabei nach oben gerutscht. Meine Brust zog sich schmerzhaft zusammen. Denn auf seiner freien Haut erkannte ich Male, die sich quer über seine Wirbelsäule bis zu seinem Steißbein zogen. Striemen, die längst verheilt waren, aber deutliche Spuren hinterlassen hatten.

Peter hielt inne und bedachte mich mit finsterer Miene. Ich schaute weg, doch ich spürte weiterhin, wie mich seine unfreundlichen Blicke durchbohrten.

„Bitte entschuldige Peters Verhalten." DeBell war zurückgekommen und stellte sich neben mich. „Er meint es nicht so. Gib ihm etwas Zeit. Es ist für uns alle noch etwas ungewohnt, dass du … nun hier bist. Denn es ist schon eine ganze Weile her, seit der Direktor jemand Neues aufnahm", flüsterte sie.

„Danke, dass du das mit mir teilst", zeigte ich mich bei ihr erkenntlich.

Ich musste mehr erfahren. Nicht über den Direktor, über den wusste ich bereits mehr, als mir lieb war. Aber die Sache mit meiner Vorgängerin stach hervor wie ein Schwert. Die wichtigste Frage war allerdings, ob dieses nun über mir hing. Wenn ja, so musste ich das wissen.

„Wie lange ist die Frau, die ich ersetzen soll, schon fort?", fragte ich frei heraus, doch DeBell schien über die Frage nicht überrascht.

„Wir haben die Jahre nicht gezählt. Wir zählen nie."

„Was ist mit ihr geschehen?", bohrte ich weiter. Zwar flüsterte ich, doch nun hatte ich die Aufmerksamkeit aller hier im Raum auf mich gezogen. Sie legten ihre Utensilien beiseite und drehten sich zu mir um. Nur Peter schaute diesmal weg.

Lange sagte keiner etwas. Es war so still, man hätte eine Stecknadel fallen hören können.

Ein Schatten huschte über DeBells Gesicht, ehe dieser purer Traurigkeit wich. Dann schlug DeBell die Augen nieder.

„Sie ist gestorben", antwortete sie mit unermesslichem Schmerz in der Stimme.

Meine schlimmsten Befürchtungen wurden bestätigt. Sie war nicht mehr am Leben und ihr Tod für die Gruppe schmerzhaft.

Auf einmal bereute ich, danach gefragt zu haben. „Tut mir leid, ihr standet euch wohl nahe", warf ich ein und wollte das Thema damit beenden.

„Sie war … unsere beste Freundin", erklärte mir DeBell mit erstickter Stimme.

Cala, die nun neben DeBell stand, nickte mitfühlend. Sie wollte nach ihrer Hand greifen, doch DeBell lehnte diese mit einer sanften Geste ab.

In DeBell arbeitete es, so als unterdrückte sie krampfhaft jede weitere Gefühlsregung. Dann nickte sie und fuhr fort. „Sie trocknete unsere Tränen, behandelte unsere Narben." Mein Blick wanderte verstohlen zu Peter, der sein Gesicht immer noch abgewandt hatte.

DeBell warf mir einen vielsagenden Blick zu. „Viele, die hier landeten, wollten ihr Schicksal nicht einfach hinnehmen und lehnten sich immer wieder gegen Lamb auf. So auch Peter. Auf ihn hatte es der Direktor besonders abgesehen. Er schlug ihn am härtesten. Als sich noch keiner von uns zu Peter gewagt hatte, tat deine Vorgängerin es, sie ging nachts zu seinem Käfig und behandelte seine Wunden. Aber er konnte sie nicht retten und das verzieh er sich nie."

Ich verstand nun und ich unterdrückte meine Wut und die Tränen, denn diese halfen niemandem.

„Sie war mehr wert, als alles Gold der Welt je aufwiegen könnte“, schloss DeBell ihre Erzählungen ab.

„Ja, das war sie“, stimmte Atsu ihr seufzend zu. „Sie brachte uns mit ihrem Humor oft zum Lachen, obwohl über ihr selbst ein Nebel voll Traurigkeit hing.“

„Ihr Tod war eine Tragödie! Für uns alle“, mischte sich Adam ein. Er sprach ruhig, doch seine Stimme bebte.

„Aber sie war nicht das letzte Licht, das für immer erlosch. Das unsinnige Sterben ging weiter, noch lange nach ihrem Tod. Wir waren einmal mehr, musst du wissen. Bis zu jener Nacht, da …“

DeBell warf Adam einen Blick zu und Adam verstummte. Ich konnte den Schmerz von ihren Gesichtern ablesen.

Peter starrte stur auf seinen Tisch, Cala wischte eine Träne fort und Atsu wusste nicht, wo er hinsehen sollte.

DeBells Gesicht wurde wieder hart und glatt wie Eis. Unlesbar und unergründlich.

Betroffen von dem, was ich gerade erfahren hatte, konzentrierte ich mich auf die zahlreichen Kosmetika vor mir, die nun mir gehören sollten.

Auf ihnen lag eine dicke Staubschicht.

Ich nahm eine Schatulle in die Hand. An ihr befanden sich funkelnde kleine Steinchen. Diamanten. Und auch ihre anderen Habseligkeiten waren ungewöhnlich edel im Gegensatz zu den Gegenständen der anderen Freaks. Nachdenklich drehte ich die Schatulle in meiner Hand. „Warum sind ihre Sachen so … edel?“, fragte ich schließlich, um das Gespräch in eine weniger schmerzvolle Richtung zu lenken.

„Präsente. Vom Direktor“, war DeBells Antwort, die alle Hoffnungen zunichtemachte. „Er verehrte sie … auf eine bizarre Art und Weise.“ Ihre sonst so kühle Stimme brach beinahe. Sie krallte sich an meinem Stuhl fest. „Er nannte es Liebe. Sie aber nie. Und sie hatte keine Wahl, schließlich war sie sein Besitz.“ Cala rümpfte angewidert ihr junges Gesicht. Ich war ihre Nachfolgerin. Was hieß, ich würde wohl ihre Rolle einnehmen, was vielleicht auch bedeutete …

Ich ließ die Schatulle fallen, als hätte sie mir einen elektrischen Schlag verpasst.

„Oh nein, nein, meine Liebe“, sagte DeBell rasch, als hätte sie meine Gedanken erraten. Wahrscheinlich war jede Farbe aus mir gewichen und so fühlte ich mich tatsächlich auch. „Du bist ihr ähnlich, das will ich nicht abstreiten. Aber du übernimmst nur ihren Platz als Attraktion. Mehr auch nicht. Du wirst sehen.“

Sie lachte auf. Das erste Mal, seit ich hier war.

„Keine Sorge, er wird dir nichts dergleichen antun! Versprochen!“ DeBell hielt sich dabei verschwörerisch die Hand vor den Mund. „Meine Güte! Du hast ihn ja gesehen! Er ist nicht mehr ganz frisch.“

DREI STUNDEN VOR MITTERNACHT

DIE FRAU AUF DEM PORTRAIT

Zum ersten Mal in meinem Leben würde ich Make-up tragen. Ich hatte nur nicht gedacht, es unter solchen Umständen zu erleben. Cala und DeBell inspizierten zuerst mein Gesicht, dann nickten sie einander zu. Cala nahm mir meinen Hut ab und DeBell nahm eine Bürste in die Hand.

„Wir werden uns jetzt um deine Haare kümmern und dir ein wenig Make-up auflegen", verkündete DeBell sachlich und öffnete meinen ohnehin schon zerzausten Zopf. Mit ihren langen Nägeln fuhr sie prüfend durch mein offenes Haar.

„Ich sprach vorhin mit dem Direktor", ließ DeBell mich wissen. „Das Kleid, das du trägst, sollst du für die Show anbehalten. Er findet, es unterstreicht deine Herkunft, Londoner Flair", erklärte sie kühl, während sie anfing mein Haar zu bürsten und Cala begann mein Gesicht zu pudern. Ich hielt still und biss die Zähne so fest zusammen, bis mein Kiefer schmerzte. Das waren sie also, die letzten Schritte bis zu meiner ersten Vorstellung.

So schroff die Person DeBell auch wirkte, ihre Hände gingen ungewöhnlich sanft mit meinen feinen Haaren um.

Die nächste Zeit verbrachten wir schweigend und ich ließ die beiden machen.

Sie färbten meine Wimpern nachtschwarz und unterstrichen meine Augen mit einem Kohlestift.

Dann staubten sie mir mehr Puder ins Gesicht und schmierten Rouge auf meine Wangen.

Nach und nach verließen die anderen fertig angekleidet und geschminkt ihre Nischen.

Und als DeBell und Cala endlich mit meinem Aussehen zufrieden waren, ließen auch sie mich allein. Sie warteten nicht einmal meine Reaktion ab, ob mir das Endergebnis gefiel.

Mir sollte es auch nicht gefallen, das war mir bewusst. Immerhin hatten sie mich nicht zu einem Clown gemacht, wie anfangs befürchtet. Das Puder wie das Rouge waren dezent und der Lidstrich unter meinen Augen dünn.

Meine Frisur allerdings überraschte mich. DeBell und Cala hatten meine Haare zu einem strengen Zopf nach hinten geflochten.

Meine neue Frisur ließ mich aussehen, als würde ich in den Kampf ziehen. Aber stimmte das nicht irgendwie auch? Mich wunderte es dennoch, dass der Direktor so eine, sagen wir, gewagte Frisur verlangt hatte. Ich für meinen Teil machte mir nicht viel aus Frisuren und Mode und war gewiss nicht auf dem neuesten Stand. Vielleicht war es ja der neueste Schrei bei den Damen in London. An manchen Stellen spannte meine Kopfhaut. Ich verspürte den Drang, den Zopf zu lockern, doch ich wagte es besser nicht.

Es war still im Raum. Sehr still. Ich blickte mich um. Außer mir war niemand zu sehen. Als ich aufstand, merkte ich, dass alle anderen das Gemeinschaftszelt verlassen hatten.

Sogar der Kessel wurde verwaist zurückgelassen und blubberte allein vor sich hin. Verstohlen blickte ich mich um. War das vielleicht meine Chance? Ich konnte nicht anders, als es zu versuchen. Ich musste hier raus!

Ich griff mir das Täschchen mit Klick-Luck, schulterte es und sah mich um. Der Haupteingang lag direkt im Sichtfeld der Räumlichkeiten des Direktors. Dort würde man mich mit Sicherheit sehen. Ein Szenario, das nur schlecht für mich ausgehen konnte. Ich musste einen anderen Ausweg finden. Und das schleunigst.

Ich tappte vorsichtig in den langen Spiegelkorridor, der in alle möglichen Räumlichkeiten führte. Sollte mir hier jemand begegnen, könnte ich mich immer herausreden, mich nur etwas umgesehen zu haben.

Ich beschloss, Nägel mit Köpfen zu machen. Je schneller ich agierte, desto schneller war ich vielleicht auch in Freiheit.

Ich nahm gleich den ersten Raum. Wie bei jedem anderen auch hing ein Vorhang davor, vermutlich um vor neugierigen Blicken zu schützen. Drinnen schien es totenstill zu sein. Ich war mir sicher, dass mir als Freak bestimmt nicht alle Türen offen standen und mir der Zutritt sogar untersagt war. Also schob ich den Vorhang so leise und so vorsichtig wie möglich beiseite. Der Stoff roch muffig, als ich ihn hinter mir wieder zuzog und langsam und leise den Raum betrat.

Ich hatte nicht sofort einen rettenden Ausgang erwartet.

Aber etwas mehr hatte ich mir schon erhofft, um ehrlich zu sein. Eine Pappwand stand angelehnt in einer Ecke.

An ihr hingen zahlreiche Zeitungsauschnitte, aber auch Fotografien.

Ich trat näher.

Die Fotografien wirkten überholt, sie mussten aus den ersten Fotoapparaten stammen. Manche von den Zeitungsauschnitten wiesen Beschädigungen auf. Sie waren vergilbt und manche von ihnen sogar angesengt. Nur vage konnte ich Personen darauf erkennen.

Aber sie alle zeigten die Freakshow. Aber aus einer anderen Zeit. Auf den Bildern war neben den Freaks immer einen Mann zu sehen, der Direktor Lamb zum Verwechseln ähnlich sah.

Und in den Zeitungsartikeln tauchte immer wieder ein Name auf: Ryan Lamb. Das musste dann wohl sein Urur-großvater sein. Und das hieß wohl, die Freakshow musste schon über hundert Jahre alt sein und war bestimmt von

Generation zu Generation weitergereicht worden. Und immer wieder war dieses Zelt zu sehen, in dem ich jetzt stand.

Das bedeutete wohl, es war wirklich alt, so richtig!

Das Geschäft funktionierte anscheinend selbst heute noch, wenn auch im Verborgenen. Es waren auch neuere Bilder zu erkennen. Sie bildeten Atsu ab, als er noch ein kleiner Junge gewesen war. Seine traurigen Augen blickten in die Kamera. Das zu sehen tat weh.

Neben Atsu sah ich auch Adam, Cala, DeBell und Peter. Sie standen neben anderen Attraktionen, die mir unbekannt waren. Und die wahrscheinlich auch schon nicht mehr lebten.

Ich wandte meinen Blick ab und wollte weiterziehen, denn die Zeit drängte. Was, wenn sie mich schon suchten?

Doch ich stieß gegen die Pappwand. Der Nagel an der Halterung löste sich und um ein Haar wäre sie auf mich gefallen. Gerade fing ich sie noch auf.

Ich schalt mich innerlich für meine Tollpatschigkeit. Doch gleichzeitig war ich froh, keinen größeren Krach verursacht zu haben.

Auf meinen Rücken rührte sich etwas. Klick-Lucks Kopf schaute heraus. Er musste die Erschütterung gespürt haben.

Irritiert legte er den Kopf schief und sah mich aus seinen Knopfaugen an. Ich musste ihm einen Schrecken eingejagt haben. „Alles okay", flüsterte ich. Er schaute mich an, als wäre er leicht misstrauisch. „Wirklich, alles in Ordnung", flüsterte ich. Ich stellte die losgelöste Pappwand einen Augenblick auf den Boden und streichelte Klick-Lucks Köpfchen, ehe er zufriedengestellt in seinem Beutel verschwand.

Ich nahm die Wand und wollte sie wieder befestigen, doch hinter dem Gestell der Wand entdeckte ich etwas, was diese zuvor verborgen hatte. Es sah aus wie ein Rahmen, dessen Bild von schwarzen Seidentüchern bedeckt war.

Mein Kopf schrie: *Geh, suche weiter nach einem Ausgang!* Doch mein Herz verlangte zu verweilen. Zögerlich nahm ich es ab. Es zeigte eindeutig sie! Meine Vorgängerin … das musste sie sein. Jemand hatte sie gezeichnet Es war nicht bloß eine Silhouette wie auf den Plakaten. Es war ein richtiges Portrait in Farben.

Sie hatte schwarzes Haar, das ihr glatt bis zu den Schultern hing. Ihre Züge waren weich und sie selbst wirkte zierlich. Möglicherweise sogar zierlicher, als ich es war. Ihre Haut besaß eine ungesunde Blässe wie bei einigen anderen der Freaks.

Ich fand sie auch auf anderen Abbildungen und auf jedem Bild umgab ihre Augen ein Nebel von Traurigkeit. Ganz so wie Atsu sie beschrieben hatte.

Was musste sie durchgemacht haben? Und was war mit ihr geschehen? Was ich vor wenigen Stunden nicht wissen wollte, musste ich doch in Erfahrung bringen. Ihr Schicksal ließ mich nicht mehr los.

Was war nur mit ihr geschehen? Ich hielt kurz inne, ob ich jemanden oder etwas hörte. Doch da war nichts außer Stille. Also entschied ich, noch für einen Augenblick zu verweilen, ehe ich zum nächsten Raum schlich.

Ich suchte die restlichen Zeitungsartikel ab. Auf einem weniger beschädigten wurde ich fündig.

Die kleinwüchsige Dame Offenbar gab der Artikel ihr keinen Namen, doch da fiel es mir wieder ein. Wir trugen keine Namen. Wir Attraktionen galten nicht als vollwertige Menschen.

Ich las mit hektisch pochendem Herzen weiter.

Es heißt, sie wurde als Kleinkind mit ihrer Mutter in einer Höhle in Mexiko entdeckt. Die normal große Mutter verkaufte ihre Tochter an einen Zirkus. In den kommenden Jahren trat sie mehrmals in Freakshows und Zirkussen auf, bis sie an Direktor Lamb überging.

Seine Show wurde durch sie als Hauptattraktion überall auf der Welt bekannt.

Wieder ein Bild von ihr.

Aufrecht stand sie da, im selben Kleid wie auf dem Portrait. Ihre Arme hatte sie in die Hüften gestemmt. Auf dieser Fotografie wirkte sie älter, ihre Wangenknochen eingefallener, ihr Gesicht noch blasser.

Der Text ging noch weiter.

Die kleinwüchsige Dame wurde ein großer Erfolg für Lambs Erlebnisshow. Sie bezauberte mit Tanz und Unterhaltung jedes Publikum. Ryan Lamb ging mit ihr jahrelang auf Reisen, sein Ruf reichte bis nach Wien …

Die Gerüchte über eine Hochzeit ließ Direktor Ryan Lamb allerdings unbeantwortet, selbst als bekannt wurde, dass Anzeichen einer Schwangerschaft bestanden. Schon bald darauf starb die kleinwüchsige Dame am Kindbettfieber, im Alter von etwa zwanzig Jahren. Ihr Kind, ein Junge, überlebte sie selbst nur wenige Tage.

Ryan Lamb ließ seine wichtigste Attraktion für die Nachwelt von einem unbekannten Präparierungskünstler salonfähig machen.

Ich erstarrte.

Auf den ersten Blick war mir bereits aufgefallen, dass mit dem Bild etwas nicht stimmte. Und erst jetzt begriff ich auch, warum.

Weil sie auf diesem Foto nicht mehr am Leben war. Es war ein Totenfoto. Das war erst mal nichts Ungewöhnliches, doch nicht das schockierte mich daran.

Ich beugte mich ganz nah über das Abbild, denn ich wollte nicht glauben, was ich sah. Und da erkannte ich auch erst die Umrisse einer viereckigen Glaswand, die ihren aufrecht stehenden Körper von allen Seiten umgab.

Und auch das wenig vorhandene Licht in ihren Augen schien auf dieser Fotografie ganz erloschen.

Darunter stand es auch schwarz auf weiß: Direktor Lambs Hauptattraktion für die Ewigkeit erhalten!

Er, der Direktor, hatte sie nach ihrem Tod einfach ausgestopft. Wie einen Papagei. Und auch noch zur Schau gestellt für die ganze verdammte Welt. Selbst nach ihrem Tode hatte er ihr keine Ruhe gegönnt, mit ihren Gebeinen Geld verdient.

Mit anschwellendem Puls las ich den restlichen Text zu Ende.

Nach jahrelanger Tour verkaufte Direktor Lamb die beiden Leichen an einen unbekannten Gentleman in Oslo für viel Geld.

Bittere Galle arbeitete sich in mir hoch und ich unterdrückte den aufkommenden Brechreiz.

Ich schlug die Hände vor den Mund. Der Direktor, er war nicht einfach nur abgrundtief böse, er war auch noch ohne jeden Skrupel.

ZWEIEINHALB STUNDEN VOR MITTERNACHT

PANIK

Ich ärgerte mich für meine Neugier, die mich auch meine letzten Reserven an Nerven gekostet hatte. Ich weigerte mich, die restlichen Zeitungsauschnitte zu lesen. Denn ich war mir unsicher, ob ich noch weitere Wahrheiten ertragen konnte. Jede einzelne Faser meines Körpers wollte diesen Ort verlassen. Und zwar auf der Stelle. Adrenalin begann in meine Adern zu schießen.

Ich kniete mich neben die Zeltwand und versuchte sie hochzuheben. Ich bräuchte nicht viel, nur ein kleines Schlupfloch und ich wäre frei. Ich fragte mich, warum ich das nicht schon eher versucht hatte. Möglicherweise hätte mir das viel Leid erspart.

Doch zu meiner Enttäuschung wollte der Stoff sich keinen Zentimeter hochbewegen. Er war zu schwer. Ich versuchte es.

Noch einmal.

Und noch einmal.

Doch er rührte sich nicht einen Zentimeter von der Erde. Er fühlte sich unfassbar schwer an. Waren Zelte immer so gebaut? Vielleicht waren sie feuerfest? Vielleicht war ich auch zu schwach.

Doch ich gab nicht auf. Als Nächstes versuchte ich mich an dem dünn und fast durchsichtig wirkenden Zeltstoff, durch den sogar das Mondlicht schien.

Ich bohrte meine Fingernägel hinein. Doch ich kratzte mir nur die Finger blutig. Denn der Stoff war zäh und fühlte sich wie harter Beton an.

Ich war kurz davor aufzugeben, da kam mir eine zündende Idee.

Ich öffnete meine Tasche und Klick-Luck sprang sofort heraus. Zuerst streckte er sich, dann sauste er vor Freude durch den Raum, bis ich ihn mit gedämpfter Stimme zu mir rief.

Er folgte mir aufs Wort und ich ging in die Knie und umarmte ihn.

Dann sprang er von meinem Schoß und lief zur Stelle der Zeltwand, die ich zuvor versucht hatte hochzuheben und zu durchbrechen. Er war einfach der klügste Hund der Welt.

„Klick-Luck, fass“, befahl ich.

Ohne zu zögern, stürzte Klick-Luck sich auf den Saum des Zeltes. Er biss und riss an dem Stoff. Doch selbst seine metallischen Pfoten richteten nichts aus.

Es wollte nicht durchreißen. Selbst die scharfen Klauen und Zähne von Klick-Luck hinterließen nicht mal eine Spur daran. Nicht einen Kratzer trug das Zelt davon.

Ich sah auf meine lädierten Nägel. Dann auf Klick-Luck, der erschöpft aufgab und zurück in den Beutel schlurfte.

Was war das nur für ein Zelt? Eindeutig ein Gefängnis, aus dem es kein Entkommen gab. Vielleicht gab es aber etwas, womit ich mich durchgraben konnte?

Meine Beine führten mich zurück durch den Gang in das Gemeinschaftszelt. Dort erwartete mich zu meiner Erleichterung nach wie vor niemand. Auch keine Stimmen waren aus der Ferne zu vernehmen. Noch war die Luft rein.

Dann begann ich Tisch für Tisch zu durchsuchen. Wenn ich bei einem nichts fand, ging ich zum nächsten. Ich durchwühlte Kästchen, Schatullen. Ich wurde immer energischer und es kümmerte mich immer weniger, ertappt zu werden. Doch ich gab nicht auf. Das Einzige, was ich fand, war ein Mieder, in dem Stahlfedern steckten. Es gehörte sicherlich

DeBell. Doch ich fand nicht einmal eine Schere, um diese herauszubekommen. Ich hätte wohl doch weiter die Räume absuchen sollen. Anschließend gelangte ich zum letzten Tisch, den ich noch nicht durchsucht hatte. Dem von Peter. Ich ärgerte mich abermals über mich selbst. Hatte Peter nicht erwähnt, er sei Erfinder? Dann müsste er doch irgendwo Werkzeuge untergebracht haben. Da auf dem Boden eine Truhe stand, kniete ich mich daneben hin und öffnete sie.

„Da suchst du vergeblich", hörte ich Peters murmelnde Stimme hinter mir.

Ich schreckte hoch und stieß mir an der Tischkante den Kopf. Er hatte es sich auf einer Couch neben der Küche gemütlich gemacht und sah mich an. Seine Lippen kräuselten sich.

Ich ließ den Deckel von Peters Truhe zuschnappen, stand auf und blickte dabei in seinen Spiegel und somit in DeBells Antlitz.

Sie stand direkt hinter mir und war nahe genug, um mich zu berühren. Ich erschrak abermals. „Der Direktor …", sagte DeBell kühl und ihre Augen blitzten dabei gefährlich auf. „Er will dich sehen, bevor es losgeht."

EIN HALBES JAHR ZUVOR

BINDUNG

Die sonst so laute Kuckucksuhr meines Vaters wurde von meinem Geschimpfe übertönt.

Seit dem Tod meiner Mutter bemühte ich mich selbst um das Kochen von Mahlzeiten.

Und es lief nicht so toll, wie ich es mir vorgestellt hatte. „Verdammt, bei Mutter Erde!“, rief ich außer mir. Wieder war ein Ei danebengegangen, anstatt in dem Bauch der Pfanne zu landen.

Fluchend wischte ich es von der Küchenzeile und warf es zu den anderen Eierschalen in den Mist. Ich war dabei, Scrambled Eggs zu machen. Also, genauer gesagt, ich versuchte es.

Klick-Luck spielte hinter mir mit seinem Stoffball, den er mit seiner Blechnase quer durch die Mühle rollte.

Ich zerschlug das nächste Ei, das diesmal in der erhitzten Pfanne landete, und ich begann es mit einer Gabel zu verquirlen.

Da spürte ich ein Ziehen an meinem Rockzipfel.

Klick-Luck. Zunächst ignorierte ich seine Spielereien.

„Lass das, Klick-Luck, ich kann jetzt nicht mit dir spielen“, ermahnte ich ihn, als er nicht damit aufhörte, und entriss ihm meinen Rock.

Doch gleich darauf spürte ich wieder ein Ziehen, es wurde heftiger und stärker. Er schaffte es sogar, mich vom Herd wegzuziehen.

„Was ist denn nur in dich gefahren?“, schimpfte ich mit ihm. „Was soll das, Klick-Luck? Schluss! Hör sofort auf damit!“

Wie immer weigerte er sich, mir zu gehorchen. Sein ganzes Maul schnappte immer wieder nach meinem Kleid und wollte mich fortziehen.

Langsam wurde ich sauer.

Ich hatte ihm doch nichts getan. Sein Ball lag in einer Ecke. Er schnaubte unentwegt und ließ mich nicht mehr los. „Was zum …", hustete ich. Ich atmete es ein, bevor ich es roch.

Rauch. Er drang vom Keller herauf. Zuerst knisterte es verdächtig in meine Ohren, dann sah ich sie. Die züngelnden Flammenspitzen, die sich von der Kellertreppe hinauffraßen.

Da wusste ich, das Arbeitskämmerchen meines Vaters brannte schon lichterloh. Und es war nicht mehr aufzuhalten. In Windeseile erreichte das Feuer die Kammern meiner Eltern und es würde nicht mehr lange dauern, bis sie auch in Richtung der Küche gierten.

Wieder schnappte Klick-Luck nach meinem Kleid und riss mich aus meiner Schockstarre.

Ich ließ alles liegen und stehen. Um den Herd noch auszumachen, war keine Zeit mehr. Die Hitze stieg immer mehr in meine Lunge.

„Komm, mein Kleiner!" Ich hustete und nahm Klick-Luck in meine Arme. Dieser ließ sich diesmal widerstandslos von mir hochnehmen. Gerade noch schnappte ich mir meinen Mantel, in dem mein ganzes Geld verwahrt war, und floh ins Freie.

Der Regen gab sein Bestes und ließ es kräftig schütten, doch es reichte nicht aus. Ich musste zusehen, wie die Mühle bis auf ihre Grundmauern niederbrannte. Die Werkzeuge, die Bücher und Erfindungen meines Vaters, sie alle gab es nun nicht mehr. Sie schmolzen dahin in der Gluthitze und wurden zur Asche, wie mein kleiner Palast, mein Rückzugsort und Zuhause. Die Mühle war nun nicht mehr.

Klick-Luck schmiegte sich an mich und ließ seine Ohren hängen.

Er hätte ohne mich durch die Tür entkommen können, aber stattdessen hatte er nicht damit aufgehört, mich zu warnen.

Ich zog Klick-Luck in meine Arme und dieses Mal wehrte er sich nicht, sondern kuschelte sich noch mehr an mich, so als wollte er mir Trost spenden.

„Danke", schluchzte ich an seinen warmen Körper. „Du hast mich gerettet!" Dann weinte ich um all die Dinge, die im Feuer nun für immer verloren gingen.

Es dauerte nicht lange, bis die Feuerwehr angefahren kam. Sie wurde bereits von Schaulustigen empfangen, die vor der brennenden Mühle standen. Im Nu gelang es den Feuerwehrleuten, den Flammen Herr zu werden. Und irgendwann kam dann einer der Feuerwehrmänner auf mich zu. Er teilte mir mit, was ich ohnehin schon wusste. Die Mühle konnte nicht mehr betreten werden und alles, was sich darin befunden hatte, war den Flammen zum Opfer gefallen.

Der Brand sei wohl im Keller ausgebrochen, denn sie hätten Überreste einer Öllampe vorgefunden. Der Feuerwehrmann hatte dann noch ein paar tröstliche Worte für mich übrig, doch ich schaute an ihm vorbei, zu den Menschen, die zum Gaffen hergekommen waren. Darunter erblickte ich ein bekanntes Gesicht. Lord Robert war an einem Baum gelehnt und blickte mich an.

Öllampen, dachte ich. Ich besaß gar keine. Sie waren mir zu teuer. Nur Gutbetuchte konnten sich diese auch leisten. Und da war noch etwas. Es fiel mir wie Schuppen von den Augen. Mechanische Hunde, wie mein Klick-Luck, konnten nichts riechen. Sie besaßen den Sinn gar nicht. Ich versetzte mich zurück, kurz bevor das Feuer um sich gegriffen hatte. Klick-Luck hatte direkt vor dem Küchenfenster mit seinem Ball gespielt.

Das hieß, er hatte etwas gesehen. Etwas beobachtet. Und ich ahnte, wer das gewesen war.

Lord Robert steckte sich seine Pfeife zwischen die Zähne und schenkte mir ein verwegenes Grinsen.

Die Erfindungen meines Vaters, er hatte sie nie gemocht. Wissenschaft. Fortschritt. All das passte nicht in Lords Roberts Weltbild und schon gar nicht zu seiner Art von Politik, für die er kämpfte.

Ich war der letzte Dorn in seinem Auge. Mir war klar, was als Nächstes dran glauben musste. An diesem Ort hier war ich nicht mehr sicher. Es gab auch keinen Grund mehr, hier zu bleiben.

Ich war zu Fuß unterwegs, mein Weg führte mich durch den Wald. Der einzige sichere Pfad zum Bahnhof, ohne dabei anderen Menschen zu begegnen. Die Bäume nahmen allmählich schon dunklere Töne an, doch ich fürchtete den Wald nicht.

Ich kannte ihn wie meine Westentasche. Klick-Luck war bereits eingeschlummert. Diesmal trug ich Klick-Lucks Tasche an meiner Brust und hielt seinen kleinen Körper dicht an meinem gedrückt, um nicht zu frieren, denn im Wald war es kühl, doch immerhin regnete es nicht so stark.

Ich dankte Mutter Natur für ihren Schutz und auch für das angesparte Geld, das mir eine Zugfahrt und ein Kämmerchen ermöglichte. Ich lief. Weg von hier, weit weg von Lord Robert. Und ich hörte nicht auf zu laufen, bis ich in einem Waggon Richtung London saß. Denn so weit reichte sein langer Arm noch nicht. Noch war sein Einfluss begrenzt.

Noch in derselben Nacht erreichte ich endlich London. Ich mietete mich in eine kleine Pension ein. Und ich gedachte zu bleiben. Für immer. London würde nun mein neues Zuhause werden.

Ich setzte ich mich mit meinem wenigen Hab und Gut an den Rand des Bettes. Dann ließ ich mich auf die Matratze fallen. Alles war verloren. Aber immerhin lebten wir noch. Das sollte ich zu schätzen wissen, dennoch fühlte ich mich leer.

Beinahe schlief ich ein.

Da durchfuhr mich ein Schmerz. „Au!“, rief ich überrascht.

Etwas zwickte mich. Am Ende des Bettes entdeckte ich Klick-Luck, der sich wohl aus seinem Täschchen geschlichen hatte.

Seine kleinen Zähne hielten meinen Knöchel gefangen.

Vorsichtig, spielerisch, könnte man meinen. Dann gab er mich wieder frei und grinste breit. Wie konnte ich ihm da ernsthaft böse sein? Und … er hatte mich von sich aus berührt. Ich wollte etwas versuchen.

Vorsichtig und langsam beugte mich vorsichtig zu ihm hinunter und begann ihn zu streicheln. Und zu meiner Überraschung ließ er es zu. Doch dann biss er wieder in meinen Knöchel, diesmal noch vorsichtiger. Aber er wehrte sich auch nicht, als ich ihn vorsichtig in meine Arme nahm.

Im Gegenteil. Er legte sein Köpfchen auf meine Brust und kuschelte sich an mich.

Mein Herz machte einen freudigen Sprung. „Ich denke, das wird jetzt unser Ding", murmelte ich und betrachtete meinen geröteten Fuß.

Ja, wir wurden langsam ein Team. Eine Familie, hier in London, das nun unser neues Zuhause werden sollte.

ZWEIEINHALB STUNDEN VOR MITTERNACHT

RISSE

Wir durchschritten zusammen den Spiegelgang und DeBell sprach kein einziges Wort. Auf ganzen dem Weg zum Direktor wurde geschwiegen und nur unsere Schritte waren zu hören. Diesmal ließ sie mich vorangehen.

Vermutlich, um mich im Auge zu behalten. Ich tat mich schwer damit, sie einzuschätzen, und fragte mich langsam ernsthaft, auf welcher Seite sie eigentlich stand.

Wir hörten eine Handvoll Leute nicht weit von uns. Er musste also ganz in der Nähe sein, der größte Saal des Zeltes, der Showsaal.

Der Pegel wurde immer lauter. Offenbar füllten immer mehr Leute das Zelt. Ein Geräusch, das eigentlich Freude bereiten sollte, stattdessen schnürte sich meine Kehle zu.

Wir kehrten zurück in den vermaledeiten finsteren Raum des Direktors, in dem ich ihm gestern zum ersten Mal begegnet war.

DeBell senkte ergeben ihr Haupt, als sie eintrat. „Wie Ihr verlangt habt, hier ist sie“, richtete sie das Wort an die Dunkelheit.

Und diese antworte. „Lass uns allein“, schnarrte die Stimme des Direktors. Wie zuvor wartete er in der Mitte des Raumes auf uns. Seine Augen fixierten mich wieder. DeBell tat wie geheißen und verließ eilig den Raum. Die kühle Luft kroch wieder durch meine Kleidung und ließ mich erschaudern.

Der Direktor schlurfte auf mich zu und ich schlang die Arme um mich. Wie gestern begutachtete er mich von oben bis unten.

Dann schnaubte er zufrieden. „Hm.“ Er räusperte sich. „So mag ich das. DeBell hat dich ordentlich herausgeputzt. Sie hat ein gutes Händchen dafür, das muss ich ihr lassen.“

Auf einmal wurden seine Gesichtszüge weich. „Sag mir, Kindchen. Hast du dich gut eingelebt?“ Seine plötzliche Freundlichkeit verschlug mir die Sprache und irritierte mich.

„Ich … ja“, stammelte ich. „Ja, Sir“, fügte ich rasch hinzu, wie einst Atsu.

„Das ist schön“, gab er zurück. Vielleicht hatte DeBell doch recht und der Direktor war gar nicht mehr so grausam, wie ich befürchtet hatte.

Er fasste an seinen Bart, als dachte er angestrengt über etwas nach. „Du hast sicher Fragen zur anstehenden Show. Nur zu, stell sie ruhig“, säuselte er väterlich.

Und ich ging darauf ein. „Ich … Was soll ich bei der Show tun? Was muss ich tun?“

„Erstens: Du betrittst die Bühne, wenn man es dir sagt. Zweitens: Du musst gar nichts tun, außer mir zu gehorchen. Du stehst auf der Bühne und folgst einfach meinen Anweisungen, ausnahmslos. Verstanden?“, antwortete er glatt.

„Ja, Sir“, erwiderte ich.

„Schön. Du scheinst nicht unklug zu sein. Großartig“, sagte er feierlich. „Wir werden uns bestimmt gut verstehen, du und ich. Deine Art, hier zu leben, hängt nämlich davon ab“, schob er den Satz hinterher und ich schluckte.

„Ich habe verstanden, Sir.“

„Du bist heute viel zu spät aufgestanden.“ Sein Ton wurde tadelnder. „Deswegen ist unser Plausch hier begrenzt. Hast du sonst noch eine Frage? Wenn ja, stelle sie besser jetzt. Denn eine andere Gelegenheit wirst du nicht mehr bekommen.“

Hieß das etwa …

„Heißt das etwa, ich darf nach meinem Auftritt gehen?" Meine Zunge war schneller als mein Verstand. Mein Überlebensinstinkt hatte gesprochen. Ich zwang mich, in seine Augen zu sehen, und hoffte, darin mehr zu finden als nur Dunkelheit.

Mit einem Schritt war er bei mir. Behutsam strich er mit seinen Daumen über meine Wangen. Dann fing er an zu krächzen und das ging dann zu einer Art Hüsteln über, das wiederum in sein hässliches Lachen überging.

Er tat dies mit so einer Heftigkeit, ich befürchtete schon, er würde erbrechen. Es fühlte sich an wie ein Schlag in die Magengrube. Er spielte mit mir, wie er mit Lord Robert gespielt hatte. „Meine Güte! Meine Liebe …" Er schmunzelte und wischte sich eine nicht vorhandene Träne fort.

Dann ging alles so schnell. Ich spürte noch, wie die Raumtemperatur sank, da packte er mich grob an meinem Zopf und zog mich hinter sich her.

Ich gab nach, um nicht von ihm mitgeschleift zu werden. Ich spürte am Rücken, wie Klick-Luck sich regte. Er merkte wohl, dass etwas nicht in Ordnung war. Ich betete inständig, er bliebe da, wo er war.

Der Direktor öffnete mit seiner freien Hand einen Spalt eines Vorhangs und zwang mich hindurchzusehen. Ich drehte mich und mein Täschchen rutschte nach vorn über meine Brust. So konnte der Direktor das lebendige Treiben darin nicht entdecken.

Was ich erblickte, war eine große Manege mit hohen Podesten und Rängen. Der Showsaal, er war schon zur Hälfte gefüllt. „Sieh sie dir an", raunte Direktor Lamb mir zu und ich hielt aufgrund seines übel riechenden Atems die Luft an. „Alles feine Damen und Herren aus ganz London da draußen", erklärte er mir.

Diese Feinheit, von der er sprach, wagte ich zu bezweifeln. Sie waren allesamt Feiglinge. Doch ich wäre eine Närrin, dies laut auszusprechen.

Ihre Diamanten reflektierten im schwachen Licht der rötlichen Lampen. Und etwas war anders als gestern. Jeder einzelne Besucher trug nun eine Maske.

Sie alle verbargen ihre Gesichter hinter monströsen Masken mit steinernen Mienen.

„Sie alle kommen wegen euch wunderbaren Exemplaren der Natur“, säuselte er, während ich sah, wie immer mehr Leute hereinströmten.

„Ihr, meine Kinderchen, seid allesamt begehrt, keine Frage. Aber du bist für sie noch eine Spur besonderer. Ein Niemand wie Atsu läuft nicht einfach unbeschadet auf Londons Straßen herum. Du allerdings bist von der Gesellschaft geduldet …“

Ich wollte mich von dem Showsaal abwenden, da packte er mein Kinn und zwang mich, weiter hinzusehen. „Du bist, was ihnen bislang immer frei vor ihrer Nase herumgetanzt ist, etwas, was sie bis jetzt nur von Weitem verachten konnten. Du, kleines Püppchen, wirst mein neuer Star, der meine Kassen klingeln lässt.“

Klick-Luck rotierte inzwischen in meiner Tasche und ich war froh, diese zuvor fest zugeschnürt zu haben.

Der Direktor zog mich wieder in seinen dunklen Raum und presste mich gegen die Wand. „Du bist nun mein, mein Eigentum. Und du fügst dich mir besser. Sonst geht es dir wie der kleinen Dame vor dir.“ Ich erstarrte. „Überrascht? Wirklich? Glaubst du, ich weiß nicht, wo du dich herumgeschlichen hast?“, zischte er. Ich sagte dir doch schon, die Zeltwände flüstern.“ Seine dürren, eisigen Finger umschlossen meine Kehle, doch er drückte nicht zu. „Du machst jetzt schon Unfug!“, knurrte der Direktor.

Ich spürte im Rücken, wie Klick-Luck mehr und mehr strampelte. Er musste Todesangst um mich haben.

„Es tut mir leid!“, keuchte ich und hob ergeben meine Hände. „Ich schwöre, es kommt nicht mehr vor!“

Er sah mir tief in die Augen, als wollte er in mein Innerstes blicken. „Enttäusch mich nicht“, hauchte er mir ins Gesicht und ließ mich daraufhin los. Er verschränkte seine Hände hinter dem Rücken und lächelte sanft. „Dann verstehen wir einander wieder, ja?“

„Ja, das tun wir, Sir“, schwor ich und nickte heftig.

Direktor Lambs Lippen kräuselten sich nach oben und entblößten dabei seine wenigen Zähne. „Das heißt, ich kann mich auf dich wieder verlassen, richtig?“

Ich nickte noch eifriger. „Ja, ja! Natürlich! Bei allem, was mir heilig ist!“, bekräftigte ich. Für wenige Sekunden sagte er nichts.

„So?“, fragte er dann mit einem Grinsen, das nichts Gutes bedeuten konnte.

„Warum zeigst du mir dann nicht, was du da Hübsches in deiner Tasche hast?“

Ich erstarrte. Die Zeit stand still. Für einen Wimpernschlag.

Und in seinen grünen Augen glitzerte Triumph.

„Wie ich schon sagte, ich erfahre alles!“

ZWEIEINHALB STUNDEN VOR MITTERNACHT

EIN TAPFERER HUND

Er wusste es. Vermutlich hatte er es die ganze Zeit schon gewusst.

Sein Gesicht blieb unbewegt, seine Miene eisern.

„Ich wiederhole mich unglaublich ungern." Die Stimme des Direktors stach in meine verwundbarste Stelle. Ich konnte nicht anders, mir blieb keine andere Wahl. Meine Hände zitterten, während ich die Bänder meiner Tasche öffnete.

Und es kam, wie es kommen musste. Klick-Lucks Kopf schoss sofort hervor und schnappte in Richtung des Direktors. Dieser zog angewidert seine knorrige Hand zurück.

„Nein, Klick-Luck! Nicht!", rief ich entsetzt.

Klick-Luck knurrte den Direktor an. In all der Zeit, in der er bei mir war, hatte er kein einziges Mal geknurrt. Nicht ein einziges Mal.

Ich wusste gar nicht, dass er das konnte. Mit ganzer Kraft hielt ich Klick-Luck davon ab, sich auf den Direktor zu stürzen. Wortlos baute sich der Direktor vor uns auf. So dürr er auch war, sein Körper warf einen großen, schwarzen Schatten.

Das wenige Licht, das uns geblieben war, wurde uns genommen. Der Direktor hob bedrohlich seinen Dompteurstab in Richtung Klick-Luck. Ich wusste, was er wollte.

„Nein, nicht!", schrie ich auf und warf mich schützend vor meinen Hund.

„Mach ihm ein Ende und vergrab ihn, oder ich tu es. Mechanische Haustiere haben hier keinen Platz!", donnerten die Worte des Direktors auf mich ein wie Pfeile aus kaltem

Eis. Ich taumelte rückwärts gegen die Wand und fiel auf die Knie. Klick-Luck war immer noch außer sich. Er war kaum zu halten. Sicherlich dachte er, mein Leben wäre bedroht, nicht seins. Mein kleiner Freund, mein Beschützer.

„Bitte, er ist alles, was ich habe!“, flehte ich.

Als Antwort lächelte er nur, drehte erwartungsvoll den Dompteurstab in seinen Händen und machte einen Schritt auf mich zu.

„Warten Sie!“, flehte ich und gab klein bei. „Ich ... mach's.“

„Du hast fünf Minuten, sonst erledige ich das! Ich weiß, du wirst ein gutes Püppchen sein“, krächzte er.

Und damit war alles gesagt.

Wenn man den Schlüssel zog, schliefen die Tiere ein. Und wachten erst wieder auf, wenn man den Schlüssel wieder drehte, und dann kam es nicht selten vor, dass die Tiere sich an nichts mehr erinnern konnten. Es kam einer Wiedergeburt gleich. Aber drehte man den Schlüssel nie wieder auf, so wie der Direktor es soeben von mir verlangt hatte, war es kein langer Schlaf mehr, sondern war nichts anderes als der Tod selbst. Denn der Direktor hatte nicht vor, ihn eines Tages wiederzuerwecken, denn ich sollte ihn vergraben.

Klick-Luck und ich, wir gehörten zusammen. Wir waren doch eins! Direktor Lamb konnte doch nicht einfach ... Er konnte nich–

Doch aus irgendeinem Grund verstanden wir einander ohne Worte. Es herrschte schweigende Zustimmung, als er aus dem Raum schlurfte und uns allein im Dunkeln zurückließ.

Ich wusste, es wäre ihm ein Vergnügen gewesen, Klick-Lucks Leben zu beenden, so viel ist sicher, doch noch mehr Freude bereitete es ihm, wenn ich es selbst tat.

Es gefiel ihm, mich zu quälen, er wollte mich brechen, derweil hatte ich nicht einmal die erste Show hinter mich gebracht.

Obwohl ich allein mit Klick-Luck im Raum saß, spürte ich immer noch Lambs Anwesenheit. Ich musste mich nicht umdrehen, um zu wissen, dass diese Abscheulichkeit von Mensch draußen stand und mich beobachtete.

Klick-Luck beruhigte sich langsam. Er leckte meine Hand ab. Um auch mich zu beruhigen und zu trösten.

Wie ein Häufchen Elend saß ich mit ihm auf der Erde. Unfähig, mich zu bewegen.

Ich wusste, was zu tun war, doch ich wollte es nicht. Ich konnte es nicht.

Tränen rollten unkontrolliert in den Sand. Ein anderer Hund würde vielleicht glauben, es regnete.

Doch Klick-Luck war ein kluger Hund, er musterte mich besorgt und schleckte meine Tränen immer wieder fort.

Wie konnten Menschen nur behaupten, in ihm steckte kein echtes Leben?

Klick-Luck begann mich zu umkreisen, sein Schwanz wedelte dabei lautstark. Das tat er, wenn er sich freute oder wenn ihn etwas nervös machte. Was würde ich sein Klicken und all die anderen Geräusche vermissen. Aber am meisten wohl das zaghafte Anstupsen mit seiner dampfenden Schnauze. Meine kleine Kupferschnauze, mein Klick-Luck, mein süßes Hündchen.

Ein Weinkrampf erfasste mich. Doch Klick-Luck gab nicht auf. Er biss vorsichtig in meinen Knöchel, machte sogar Männchen. Ich wusste, er wollte mit mir spielen, mich aufheitern. Wie gerne hätte ich mit ihm gespielt.

„Komm her“, sagte ich und klopfte zitternd auf meine Schenkel. Er gehorchte mir, ohne zu zögern. Weil er mir vertraute. Weil er mich liebte. Klick-Luck sprang in meine Umarmung und kletterte auf meinen Schoß. „Es wird alles wieder gut“, sagte ich mit bebenden Lippen. Klick-Luck begann sich an mich zu schmiegen, dieses Mal besonders beherzt. Er spürte, etwas stimmte nicht mit mir. Ich wünschte mir den ewigen Schlaf, er sollte mich ereilen, nicht ihn! „Alles wird gut werden, alles wird gut!“

Jede Zelle meines Körpers sträubte sich.

Doch es war der einzige Weg. Es gab keine andere Option, nur diese eine. Es war die einzige, die er verdiente. Denn die andere wartete draußen vor der Tür.

Ich bemerkte, wie fest ich meinen kleinen Dackelrüden hielt. Ich begann ihn zu wiegen wie ein Kind. Er war ein Kind, er war mein. Von Sekunde zu Sekunde wurde er schwerer. Klick-Luck hatte es sich auf mir gemütlich gemacht und seine Augen geschlossen. Nichts ahnend, dass er sie wohl nie wieder öffnen würde.

Seine Schnauze würde mich niemals mehr begrüßen und seine Zunge nie wieder das Wasser von meinen Fingern schlabbern.

„Ich liebe dich, ich liebe dich, ich liebe dich“, flüsterte ich immer wieder in sein Ohr. Meine Hände zitterten. Ich umschloss langsam das einzige hervorstehende Metall auf seinem Rücken, die einzige kalte Stelle seines Körpers. Seinen Aufziehschlüssel. Mit einem einzigen Ruck drehte ich ihn. Dann zog ich ihn in einem Ruck, der Klick-Luck vom Leben trennte.

Dabei hörte ich nicht auf, ihn zu wiegen. Ich kraulte ihn am Nacken, sang irgendein Lied.

Es fühlte sich wie eine Ewigkeit an, doch in Wahrheit vergingen wahrscheinlich nur ein paar Minuten, aber jede davon ging in unglaublichem Schmerz auf.

„Mein liebster Klick-Luck", flüsterte ich immer wieder, bis mir die Stimme versagte. Seine Pumpe, sein kleines Herz schlug immer langsamer, sein Herzschlag wurde immer schwächer und schwächer, bis schließlich keiner mehr folgte.

Stille. Unglaubliche Stille, wie nie zuvor in meinem Leben. Kein Klicken, kein Dampfen, kein Schnauben. Ich drückte Klick-Luck fest an mich, so fest, bis sein kleiner Metallkörper in meine Arme schnitt.

Dann, ganz leise hörte ich, wie sich Schritte entfernten.

Endlich schlurfte der alte Sadist von Direktor davon. Ich griff nach einem der Strohsäcke, die ich auf der Erde fand, presste mein Gesicht dagegen und schrie aus ganzer Kraft.

Ich verlor jegliches Zeitgefühl. Jede Konsequenz davon schien mir gleich.

Keine Ahnung, wie lange ich dasaß und Klick-Luck immer noch am Kopf streichelte, obwohl ich tief im Inneren wusste, dass das seine kupfernen Öhrchen nicht mehr spürten. Bald würde das Metall an ihm erkalten, aber noch war seine Schnauze feucht und sein Körper warm. Er lag da, eingerollt auf mir, als würde er tief und fest schlafen.

Einst hoffte ich, ihn gerettet zu haben, doch nun fand er erst recht ein viel zu frühes Ende. Durch meine eigene Hand. Ich hatte ihn hintergangen. Ihm gesagt, dass alles gut wird, ließ ihn in dem Glauben, er würde wieder aufwachen. Am liebsten wäre es mir gewesen, ihn aus dem Zelt zu schmuggeln, aber so wie ich Klick-Luck kannte, wäre er wieder zu mir zurückgekommen, um bei mir zu sein.

Und dann hätte der Direktor ihn abgeschaltet, indem er ihn in all seine Einzelteile zerschlagen hätte.

Sein Körper war mittlerweile ausgekühlt und er fühlte sich so schrecklich leicht in meinen Armen an. Ich beschloss, ihn notdürftig zu begraben, insofern die harte Erde unter der Holzstreu es zuließ. Es war das Einzige, was ich noch für seinen kleinen Körper tun konnte, auch wenn es für ihn nicht würdig genug war, an diesem kalten Ort begraben zu sein. Ich hoffte für jemanden wie Klick-Luck gab es so etwas wie einen Himmel für Hunde.

Ich nahm mir Zeit, mich von ihm zu verabschieden.

Ein letztes Mal bedeckte ich ihn mit Küssen, kraulte seine Schlappohren, dann übergab ich ihn in die Obhut der Erde, in seinem Hundetäschchen.

Ich konnte es nicht bei mir behalten, denn ohne ihn würde es für mich immer leer sein. „Auf ein baldiges Wiedersehen, irgendwann. Irgendwo, mein liebster Freund. Bis dahin, schlafe wohl", flüsterte ich und bedeckte das Täschchen so lange mit Mulch, bis ein Hügel daraus wurde. Es fühlte sich wie ein Abschied für immer an. Wie sollte ich ohne ihn weitermachen?

Ich rang mit meinen Gedanken. Er war nicht perfekt genug für die Welt gewesen. Und ich war es auch nicht.

Wir konnten nur des Todes sein …

Irgendwann schwankte ich nach draußen und wischte meine Tränen fort. Ich lenkte meine Gedanken auf den Direktor.

Seine Bosheit hatte mir bis jetzt nur Angst gemacht, aber jetzt nahm ein anderes Gefühl immer mehr Platz ein: Wut.

ZWEI STUNDEN VOR MITTERNACHT

FLAMMENDER HASS

Ich kehrte zum Gemeinschaftszelt zurück und schon auf dem Weg dorthin spürte ich die unschöne Leichtigkeit auf meinen Schultern.

Diesmal war die ganze Gruppe anwesend. Alle standen da und blickten mich erwartungsvoll an. Sie schienen auf mich gewartet zu haben. Da ahnte ich es, sie wussten es schon. Schlechte Kunde machte wohl schnell die Runde.

Nur Peter saß auf einer Couch und starrte stur auf seine Schenkel, auf denen mehrere Schrauben ausgebreitet lagen. In dem Moment war ich ihm dankbar dafür.

„Haben es gehört. Tut mir leid“, sagte Adam zu mir und legte schüchtern seine große Hand auf meine Schulter.

„Du hast das Richtige getan“, sagte DeBell, doch ihre Worte waren leer wie der Wind.

Ich wusste nicht, was ich darauf sagen sollte. Was ich fühlen sollte. Letztlich ertrug ich die Anteilnahmen nicht. Ich wich Cala aus, die mich umarmen wollte, und drehte mich auf dem Absatz, um den Raum zu verlassen, denn sonst würde ich zusammenbrechen. Doch ich musste stark bleiben, für Klick-Luck, das war ich ihm schuldig. Ich wollte erst mal für mich sein, um bei Verstand zu bleiben. Doch ich zögerte weiterzugehen, denn ich wusste nicht wohin. Bis auf den Gemeinschaftsraum und den Raum des Direktors kannte ich nichts. Da war zwar der Raum mit den Zeitungsauschnitten, aber dorthin wollte ich ebenso wenig zurück wie zu den anderen beiden.

Aus meinen Augenwinkeln bemerkte ich Atsu. Er kam auf mich zu. „Hey, warte“, sagte er.

Offensichtlich hatte er meine Unsicherheit bemerkt. Mist.

Er bot mir seine Hand an. „Ich führ dich rum, wenn du möchtest, und zeig dir alle Räume, in denen du dich aufhalten kannst."

„Danke", sagte ich, als wir aus der Hörweite der anderen waren und ich ihm durch den Spiegelflur folgte.

„Die ersten Tage sind immer die härtesten", sagte er mitfühlend.

Und auch die längsten. Ich bekam langsam das Gefühl, die Zeit verging überhaupt nicht.

„Ich war damals noch ein Kind, als ich hergebracht wurde. Es wird leichter, mit der Zeit", versprach er mir.

Ich stellte ihn mir vor, als kleines Kind, völlig verängstigt.

Er begann mich durch die ersten Räume zu begleiten. Einer der ersten war eine Art Waschzelt. Als Dusche diente einzig und allein ein alter Gartenschlauch mit zig Löchern. Es war ernüchternd. Ich hörte Atsu kaum zu, als er mir alles erklärte, sondern funktionierte nur. Allmählich wurde ich zu dem, was sich der Direktor wünschte …

Doch als mich Atsu in den nächsten Raum führte, stieg mir zuallererst der vertraute Geruch von Kupfer in die Nase. Und meine Lebensgeister wurden wieder aktiv.

Wir standen mitten in einer Werkstatt. Sie war klein und minimalistisch gehalten und doch erklärte ich sie zum schönsten Raum in diesem Zelt.

„Peter erledigt die handwerklichen Dinge, die der Show dienen. Und stellt Wesen her, aber keine mechanischen Tiere. Die Tierseelen, die darin erwachen, sind schwerer unter Kontrolle zu halten und haben ihren eigenen Kopf. Trotzdem bekommt Peter vom Direktor oft Ärger, denn die meisten seiner Erfindungen sind unbändig und fehlerhaft", erklärte Atsu.

„Aber das macht sie erst perfekt", erwiderte ich.

Es befand sich ein Regal mit lauter kleinen mechanischen Erfindungen in dem Raum. Gläser, die durch Pumpen miteinander verbunden waren, Helme mit Lupen und Rädern bestückt, Puppen, die an Strängen hingen, aber am meisten faszinierten mich die metallenen Pflanzen, die volles Rohr Dampf auspusteten.

„Nichts anfassen“, sagte eine mürrische Stimme. Wir drehten uns um. Peter stand hinter uns. Er war uns still und leise gefolgt.

„Ich hab hier noch zu tun“, sagte er mit dem Blick auf mich.

„Dann lass dich nicht aufhalten, Peter“, entgegnete Atsu und schob mich aus dem Raum.

Anschließend betraten wir den nächsten Raum. Er war vollgeräumt. Stühle, Matratzen und Käfige. Diesmal vergewisserte ich mich, ob Peter oder sonst jemand hinter uns stand.

„Das hier ist unser Lagerraum, wir brauchen viel Platz, wenn wir weiter …“, erzählte Atsu weiter.

„Warum versucht ihr nicht zu fliehen?“, platzte es aus mir heraus. Ich musste fragen, jetzt wo keiner zuhörte, also vermutlich, denn laut dem Direktor flüsterten die Zeltwände.

Wenn das der Wahrheit entsprach, dann war es mir mittlerweile egal.

„Fliehen?“, fragte er leise. Seine Augen leuchteten kurz auf, doch es verschwand so schnell, wie es gekommen war.

„Das letzte Mal …“, sagte er zögerlich. „Das letzte Mal ging nicht gut aus. Wie du ja weißt, wir waren einmal mehr. Einige mehr.“ Er strich gedankenverloren über die Gitterstäbe eines der alten Käfige, der mit ein paar anderen in einer Ecke stand.

„Wenn der Direktor dich erwischt, ist es vorbei. Darauf steht der Tod. Das gilt auch für dich.“

„Aber …"

Diesmal war er es, der mich unterbrach. Auf einmal wirkte er erschöpft und um Jahrzehnte älter.

„Du bist noch jung, du verstehst die Bedeutung noch nicht. Wenn du tot bist, bist du tot. Er mag alt sein, aber du überlebst hier trotzdem nur, wenn du nach *seinen* Regeln spielst."

Er war doch selbst noch sehr jung, aber es lag auf der Hand: Er hatte bestimmt schon einiges erleben müssen.

Er lächelte knapp. „Ich weiß, das ist alles sehr schwer zu akzeptieren, aber auch das wird leichter, mit der Zeit."

Das wagte ich zu bezweifeln.

Aus dem Gang hörte ich ein Geräusch. Kräftige Schritte näherten sich. Dann tauchte Adam vor uns auf.

Er murmelte so etwas wie „Hallo", ging zu den Käfigen, hob einen von ihnen hoch und trug ihn davon.

„Was sind das für Käfige?", fragte ich.

„Menschenkäfige", sagte er kurz und bündig, als wäre das das Normalste auf der Welt für ihn.

„Oh …" Eigentlich hätte ich es mir denken können.

Meine Brust wurde eng.

„Keine Sorge, du musst da nicht rein", fügte er eilig hinzu. „Du wirst erst am Schluss präsentiert. Ohne Käfig oder Fesseln. Versprochen!"

Ich atmete erleichtert auf.

„Die Käfige werden eigentlich nur für die Eröffnungsshow verwendet, sie dienen dem anfänglichen Nervenkitzel der Leute. Ansonsten brauchen wir die nicht mehr."

Erneut kam Adam herein und holte sich den nächsten. Ich wartete ab, bis er wieder verschwand. Dann hakte ich nach.

„Was heißt, nicht mehr? Wurdet ihr darin gefangen gehalten?"

Er nickte langsam. „Früher schon."

Die Schwermütigkeit in seiner Stimme ließ mich erkennen, wie unangemessen meine Frage gewesen war.

„Das war unbedacht von mir. Bitte verzeih."

Doch Atsu schüttelte den Kopf. „Du sollst ruhig alles wissen. Du gehörst jetzt zu uns." Er fuhr fort. „Wir durften uns lange nicht frei bewegen. Doch das galt nur für uns Männer. Frauen nicht. Vor ihnen fürchtete sich niemand, schon gar nicht der Direktor."

Und jetzt mussten sie ihre eigenen Käfige zur Show tragen, in denen sie jahrelang gefangen gehalten worden waren.

Alles für die Show. Ich fröstelte und mein Blick fiel auf den Käfig, den Atsu berührt hatte. Er stand nicht bei den anderen, sondern in einer Ecke und sah auch mitgenommener aus als die anderen. Und beim genaueren Hinsehen erkannte ich auch, wieso. Er war innen angekohlt. Von oben bis unten mussten lodernde Flammen an ihm gewütet haben. Eine leichte Essenz von kaltem Rauch stieg mir in die Nase, als ich nähertrat.

Ich streckte meine Finger nach dem Käfig aus.

„Nein! Nicht!", schrie Atsu auf und ich wich zurück.

Er richtete sich seinen Zylinder, der ihm fast vom Kopf gerutscht war. „Tut … Tut mir leid, ich wollte dich nicht anschreien und auch nicht erschrecken." Er lächelte unsicher. „Es ist nur … ich will nicht, dass jemand anderes ihn betritt."

„Schon gut", sagte ich und nahm einen gebührlichen Abstand von dem Käfig. „Nein, ich bin es, die sich entschuldigen muss", erwiderte ich.

Doch er schüttelte wieder nur den Kopf. Gemeinsam betrachteten wir den Käfig. Atsus Blick wurde glasig.. „Ich hatte einen Zwillingsbruder. Er hieß Akwatee[1]" Seine sonst so unbeschwerte Stimme bekam einen gequälten Unterton. „In

1 Verschiedene Schreibweisen möglich; frei übersetzt: Akwatee = erstgeborener Bruder/Zwilling; Atsu = zweitgeborener Bruder/Zwilling

diesen Käfig hier lebte er einst". Er war unbeugsam, im Gegensatz zu mir und allen anderen hier."

Eine dunkle Vorahnung beschlich mich. Und Atsu nickte bedächtig, als hätte er meine Gedanken erraten.

„Ist er …" Er wurde doch nicht etwa …

„Ja", sagte er mit hängenden Schultern. „Der Direktor hat meinen Bruder angezündet." Ich erschauderte und atmete die kalte Luft ein. Sie schmeckte nach fahler Asche. Wie furchtbar! Ich wusste nicht, welche Reaktion angemessen wäre, also schwieg ich betroffen.

„Ich vermisse ihn. Sehr." Atsu lächelte freudlos. „Er hat mich stets beschützt. Bis zum Schluss. Wie gesagt … Die letzte Flucht ging nicht gut aus. Daraufhin brannte nicht nur er, sondern auch viele andere mutigen Menschen. Außer dem Ding hier habe ich nichts mehr von ihm, was mich an ihn erinnert", flüsterte er.

Das mitanzuhören war nur schwer zu ertragen. Ich konnte seinen Schmerz und den Wunsch nach einem Andenken verstehen, dachte an die Bücher und Erfindungen meines Vaters, die ich für immer verloren hatte. Atsu rieb sich die Augen, ehe er sich mir wieder zuwandte.

„Seitdem ist viel geschehen. Der Direktor ist älter geworden. Er ist noch gefährlich, aber er ist auch schwächer", fuhr er fort. Die Genugtuung in der Stimme war nicht zu überhören. „Er schlägt uns nicht mehr so hart wie früher und sperrt uns auch nicht mehr komplett weg."

Das war auch nicht mehr nötig. Sie hatten sich längst aufgegeben. Nach alledem war das kein Wunder, aber nicht weniger unfassbar.

Er nickte in Richtung des Käfigs. „Und so ist er schon lange nicht mehr."

Eine Glocke schrillte in der Ferne.

Leise schlich ihr Ton in mein Ohr und erreichte mein Herz, das sich darauf schmerzhaft zusammenzog.

Atsu sah mich an.

Er musste nichts sagen.

Es ging los …

ZWEI STUNDEN VOR MITTERNACHT

EINE SHOW NIMMT IHREN LAUF

Meine Fingernägel gruben sich vor Anspannung in die Seiten.

Ich saß als Einzige auf einen Stuhl, verborgen hinter der Bühne, und konnte die Geschehnisse von der Seite mitansehen. Alles stand bereit und das Publikum draußen bebte.

Die Vorstellung konnte beginnen.

Der Direktor stolzierte an mir vorbei und stellte sich erhobenen Hauptes vor den großen geschlossenen Vorhang. Er nickte Adam zu. Dieser zog daraufhin an zwei Seilen und der Vorhang öffnete sich. Die Show begann. Ein einziges Scheinwerferlicht war auf ihn gerichtet. Sein Gesicht lag allerdings im Schatten, doch der Rest war klar zu erkennen. Er lächelte breit. Sein Antlitz war eine einzige Fratze und glich dabei immer mehr der Maske, die über dem Zelteingang prangte.

Das Publikum klatschte, wenn auch verhalten. Es war eher ein erwartungsvoller, angespannter Applaus.

Ich hielt die Luft an. So viele Leute waren gekommen. Es war zu spüren, die Stimmung, die Vorfreude darauf, unmenschliches Unrecht auszuleben.

Der Direktor breitete feierlich die Arme aus und wirbelte den Dompteurstab in die Luft.

„Verehrtes Publikum, willkommen! Gentlemen, Ladys!", krächzte er, so laut er konnte. Und es wurde sofort still.

„Ich danke Euch vielmals für Euer aller Kommen. Eure Anwesenheit ehrt mich zutiefst!" Er verbeugte sich und lüftete für einen Moment seinen Zylinder, um seine Wertschätzung auszudrücken.

„Ich bin Direktor Ryan Lamb! Und ich darf Euch heute durch den Abend führen. Doch nehmt Euch in Acht, die Show ist nichts für schwache Nerven, aber darum seid Ihr doch hier, hab ich nicht recht?“ Das Publikum pfiff zustimmend durch ihre Masken. „Die Natur bringt rund um unsere Welt die seltsamsten Kreaturen hervor. Seit Generationen schon habe ich die Ehre, die unanschaulichsten von ihnen zu präsentieren …“ Es war mucksmäuschenstill, sie hingen an seinen Lippen. Er konnte die Zusehenden in den Bann ziehen, das musste ich ihm lassen.

Langsame, melancholische Klaviermusik erklang aus Lautsprechern, die bei jedem höheren Ton knisterten.

Räder klickten und ratterten, Mechanismen wurden aktiviert und hauten kräftig ins Getriebe. Dampfmaschinen begannen auf Hochtouren zu arbeiten und Nebel stieß aus ihnen hervor. Dieser kroch an mir vorbei und wanderte auf die Bühne. Dabei berührte er mich. Und es war, als berührte mich eine eiskalte Hand. Ich erschauderte. „Bevor es losgeht, lasst mich Euch einen kleinen Vorgeschmack auf unser Programm geben, eine kleine Vorschau meiner Freaks!“ Der Direktor zog sich in den Schatten der Bühne zurück. Und auf einmal gingen alle Lichter aus.

Dann erhellte ein dunkelrotes Blitzgewitter das gesamte Zelt und verwandelte es in einen Partysalon.

Auf so eine mühevolle und aufwendige Präsentation war ich nicht gefasst. Unter anderen Umständen hätten mich diese Effekte durchaus begeistern können. Direktor Lamb stellte sich auf die rechte Seite des Podests. Ein Scheinwerferlicht schwenkte in die Mitte der Bühne und neben dem Direktor tauchte ein Käfig auf.

Cala stand aufrecht hinter den Gitterstäben.

Die Klaviermusik schwoll an.

„Meine Damen und Herren, ich präsentiere Euch: das Ding!“, rief der Direktor bedrohlich und eine Peitsche blitzte in seinen Händen auf. „Es wurde tief in den Wäldern Panamas gefunden. Was ist es, ein junges Mädchen oder eine verdorrte Alte? Entscheidet selbst.“

Das Publikum hielt den Atem an und mein Mund wurde staubtrocken. Direktor Lamb ließ die Peitsche auf die Gitterstäbe knallen und ich schreckte von meinem Platz auf. Das Licht um Cala ging aus.

Dann ging es wieder an und beleuchtete einen weiteren Käfig. In diesem steckte Adam. Ich hörte die Zuseher raunen.

„Und meine größte Attraktion … kommt direkt aus dem Norden, aus dem alten Sagenreich der Wikinger und alten Götter: der Riese mit dem Teufelsrückgrat.“ Adam begann an den Gitterstäben zu rütteln und knurrte laut, aus tiefster Kehle. Ich sah, wie ein paar Leute aus den vorderen Reihen auf ihren Bänken zurückzuckten.

Dann wurde das Rampenlicht wieder ausgeknipst, nur um bei einem weiteren Käfig wieder anzugehen.

Nun war Atsu an der Reihe.

„Geboren in den Büschen in Ghana und aufgewachsen unter meiner persönlichen Führung in der Zivilisation … Deeeer Feuerschlinger!“, polterte der Direktor und ließ abermals die Peitsche knallen.

Atsu tat nichts, seine Hände umklammerten in aller Ruhe seine Gitterstäbe und er blickte auf das Publikum. Die ersten Rufe wurden laut. Sie buhten Atsu aus und unter diese Töne mischten sich auch verabscheuungswürdige Affenlaute.

Ich bangte immer mehr um die Gruppe. Um meine Gruppe.

Einige der Zuseher schrien auf, als anschließend Peters Käfig erschien.

„Ja, ja, erschreckend, nicht wahr? Da hab ich Euch wohl nicht zu viel versprochen?“, frohlockte der Direktor.

„Ich habe ihn einst aufgegabelt im Schwarzwald Deutschlands in einer Anstalt für obdachlose Herumtreiber und für Euch, Ladys und Gentlemen, habe ich ihn höchstpersönlich gezähmt!“, ließ er uns stolz wissen. „Mein verehrtes Publikum: der Wolfsmensch!“ Peter lungerte mit vor der Brust verschränkten Armen hinter den Gittern. Seine gelangweilte Miene und Haltung verrieten, dass ihm die Präsentation am Allerwertesten vorbeiging. Die Peitsche des Direktors knallte. Ich zuckte zusammen, als diese Peters Gesicht nur um Haaresbreite verfehlte. „Nimm Haltung ein, du lausige Kreatur!“, brüllte der Direktor ihn an und Peter sprang kerzengerade auf. Aus den Publikumsreihen brach Gelächter aus.

Und Peter wagte sich nicht mehr zu rühren, bis das Licht ausging.

Danach folgte ihm DeBell. Selbst im Käfig wirkte sie kühl, aber bezaubernd. „Hütet Euch vor der Bloody Mary. Eine gefährliche Schönheit aus Schottland, geboren in einem Heidendorf und gerettet vor dem Scheiterhaufen. Hier ist Bloody Mary.“ DeBell warf den Leuten in den Masken eine Kusshand zu. Ein paar Männer klatschten verhalten, andere pfiffen. „Na, na, meine Herren! Lasst Euch nicht täuschen, achtet auf ihre Stimme. Man sagt, sie trägt den Teufel auf der Zunge. Sie könnte Euch in die Irre führen.“

Dann hörte ich ein paar empörte weibliche Stimmen. Das konnte heiter werden. DeBell verschwand wieder und der Direktor grinste breit und verwegen. Er schien zufrieden mit den Reaktionen.

„Und damit nicht genug, gegen Ende gibt es eine kleine Überraschung für Euch“, verkündete er verheißungsvoll. „Denn unsere neueste Attraktion ist gestern erst eingetroffen“, sagte er und machte eine bedeutsame Pause. „Und sie kommt aus Euren Reihen. Aus London." Für einen Moment blickte er direkt in meine Richtung. Mir wurde kalt. Das Publikum klatschte begeistert und murmelte interessiert. Sie freuten sich schon auf mich.

„Wertes Publikum ..." Er sah in die Runde, fuhr in einem leisen, theatralischen Ton fort und erhob seinen Zeigefinger. „Ich verspreche Euch, so eine Show erlebt Ihr kein zweites Mal. Verehrtes Publikum!", rief er nun. „Willkommen in Eurer dunkelsten Vorstellung. Ich wünsche viel Vergnügen und vielleicht auch ... viel Glück!" Trommelwirbel erklang.

Alle Bühnenlichter gingen wieder auf einmal an und strahlten auf, richteten sich auf jeden einzelnen Käfig. Mit dem letzten Trommelschlag gingen die Käfigtüren auf und die Freaks traten alle auf einmal heraus und mittendrin ging das Licht aus.

Im Publikum wurde es wieder still. Doch dann gingen die Scheinwerfer wieder an und die Bühne war leer. Dann klatschten die Gäste begeistert, als sie merkten, dass alles in Ordnung war und dies zur Show gehörte.

ZWEI STUNDEN VOR MITTERNACHT

MASKEN DER FURCHT

Atsu gesellte sich direkt nach dem Gemeinschaftsauftritt zu mir. Er zog einen Stuhl heran und setzte sich neben mich. „Geht es dir gut?“, fragte ich ihn. Was für eine Frage, schalt ich mich selbst. Natürlich ging es ihm nicht gut! Wie könnte es auch? Er war wie ich ein Gefangener, im Gegensatz zu mir schon sein ganzes Leben lang.

„Sie sind gruselig, nicht wahr?“, sprach er mich stattdessen an und deutete auf die Zuseher und ihre Masken. Sie waren mir schon anfangs aufgefallen. Die Männer und Frauen, sie trugen edle Masken, die man von venezianischen Umzügen kannte.

Sie waren mit Glitzersteinchen verziert und bestanden aus Porzellan oder schwarzem Samt. Um ihre Identität voreinander zu verbergen, das war klar, aber viele der Masken waren auch mit Netzen und langen Fransen versehen, die bis zum Kinn reichten.

„Irgendwie schon.“, erwiderte ich. Ich wusste nicht, ob ich die richtigen Worte dafür fand. „Sie … sehen schauderhaft aus.“

„Oh, das sollten sie auch“, erklärte Atsu mir und musste dabei glucksen. „Die da“, er deutete mit dem Zeigefinger auf die Damen mit den Fransen-Masken, „tragen diese sonderbaren Masken, weil sie glauben, die Fransen schützen sie vor bösen Blicken, Geistern oder Hexenflüchen.“

Ich schätzte, damit waren wohl wir gemeint.

„Sie fürchten uns“, stellte ich laut fest und merkte, wie mir die Erkenntnis ein Grinsen entlockte.

„Ja, was für hartgesottene Bürger", stimmte Atsu mir zu und schmunzelte. Es tat gut, sich mit Atsu über sie lustig zu machen, und ich fühlte mich ein klein wenig besser.

Der Direktor betrat nun die Manege. Sie war groß und mit gelbem Sand gefüllt.

„Noch ein paar Worte, bevor es losgeht …"

Er hob seinen Dompteurstab und seine Peitsche.

„Die Attraktionen unterstehen allein meiner Kontrolle, die Fußfesseln an den männlichen Freaks sind zu Eurer Beruhigung gedacht. Es wäre gar nicht notwendig, denn in meiner Gegenwart bleiben sie zahm wie kleine Kätzchen in einem Teesalon." Das Publikum lachte herzlich. Die Leute wirkten immer mehr amüsiert, entspannter.

„Nun denn … wollen wir beginnen?", krächzte Direktor Lamb und es wurde augenblicklich still in den Reihen.

Dann ließ er die Peitsche knallen. Ich fuhr zusammen. An das fürchterliche Geräusch würde ich mich wohl nie gewöhnen.

Die erste Attraktion tauchte auf und kam mit schweren Schritten in die Manege. Es war Adam.

Sein Oberkörper war völlig nackt. Das Publikum rückte interessiert näher. Ihre Münder konnte man nicht sehen, doch ich war sicher, viele davon standen offen. Er verbeugte sich vor dem Publikum. Danach stapfte er auf eine riesige Hantel zu, die links neben der Bühne bereit lag. Er beugte sich hinunter und zeigte den Zusehenden somit seinen Rücken. Die Knorpel seiner Wirbelsäule stachen trotz seiner muskulösen Erscheinung stark hervor und offenbarten eine mehrfach geschwungene Wirbelsäule, die an einen Lindwurm erinnerte, der sich im Inneren von Adams Körper aufrecht hielt. Mit Leichtigkeit hob Adam die Gewichte und stemmte sie über seinen Kopf. Da bemerkte ich die Ketten, die an seinen Füßen befestigt waren, damit er sich nur bis zu einem gewissen Abstand dem Publikum nähern konnte. Für den Ernstfall sollten diese ihn zurückhalten, aber ich wagte zu bezweifeln, ob die ihn wirklich aufhalten konnten. Das Publikum staunte.

Adam stellte die Gewichte wieder ab. Als Nächstes verbog er eine dicke Eisenstange, was die Männer hinter ihren Masken jubeln ließ. Doch damit nicht genug, er verknotete das Metallstück auch noch, als wäre es nur ein loses Schuhband. Dann ließ er es auf den Boden fallen und schritt zielstrebig auf die Mitte der Manege zu. Adams Fußfesseln raschelten, als er sich dem Publikum näherte. Dieses hielt hörbar den Atem an. Doch die Fesseln erlaubten es Adam nicht, noch viel weiterzugehen. Er blieb stehen, seine Augen wirkten leer, als wäre er nicht wirklich da.

„Na, welch mutigen Leute trauen sich in die Manege?“ Er deutete auf die Menschen in den vorderen Reihen. Es dauerte ein paar Augenblicke, dann wagten sich Leute nach vorne. Ein paar Frauen, gefolgt von offensichtlich besorgten Männern, die die Hände der Frauen ergriffen. „Kommt nur, kommt!“, animierte Direktor Lamb sie. „Seid nicht so schüchtern. Seht ihn Euch ruhig genauer an. Diesen Adonis von einem Mann. Er wird sich nur rühren, wenn ich es sage, Ihr habt mein Wort!“ Erst als Direktor Lamb dies sagte, traten die Frauen dichter heran.

Der Direktor schlug Adam hörbar auf die nackte Brust. Dieser zuckte nicht einmal mit der Wimper. Er begann sich wie auf Geheiß langsam zu drehen, damit man ihn von allen Seiten begutachten konnte. „Seht ihn an. Seht Ihr, seine Wirbelsäule, die aussieht, als wäre sie eine Schlange ... Und seht nur, seinen perfekt geschwungenen Mund an, so einladend ... Vorsicht, eine wahre Ladyfalle. Was da hineinfällt, bleibt auf immer verschwunden, werte Damen.“

„Oder auch … Herren“, fügte er augenzwinkernd hinzu.

Der Direktor lachte über seinen zweideutigen Witz. Die Frauen kicherten hinter ihren Masken, aber die Männer blieben stumm und ihre angespannten Oberkörper verrieten, dass sie das alles andere als lustig fanden. Manche von ihnen zogen sogleich ihre Frauen aus Adams Reichweite.

„Genau, meine Herren! Wie Ihr wisst, übernehmen wir für verschwundene Gegenstände und Körperteile keine Haftung …“, feixte der Direktor schelmisch. Daraufhin entlockte er dem Publikum doch ein paar Lacher.

„Dieses Prachtexemplar ist sieben Meter groß“, erklärte der Direktor den Zusehern. „Seht, seine Hände. Sie könnten mit Leichtigkeit ein Automobil zerquetschen.“ Ersteres hielt ich für übertrieben und unmöglich, denn Adam müsste dann fast so hoch wie das Zelt sein und diese Größe besaß er eindeutig nicht.

Doch am zweiten Vergleich konnte durchaus etwas dran sein.

Dann wandte sich der Direktor an die übrigen Frauen, die noch in der Manege standen.

Eine stellte sich gerade auf die Zehenspitzen und berührte Adams Oberarm. „Wollen die Damen von ihm hochgehoben werden?“, fragte der Direktor zwei der Frauen. Diese nickten zaghaft, worauf Lamb Adam ein Zeichen gab. Dieser gehorchte und bückte sich hinunter zu den beiden Damen und hob sie jeweils mit einem Arm in die Luft.

Dies musste er dann mit etwa zehn weiteren Frauen auch tun. Das Ganze wurde mir zum Zusehen immer unangenehmer, wie man Adam so darstellte und ausbeutete. Einfach nur widerlich.

„Das hat den Ladys doch sicher gefallen, nicht?“, krächzte Direktor Lamb. „Das heißt aber nicht, dass der Rest nicht auch Spaß haben darf. Unter euren Plätzen findet ihr Körbe mit Allerlei. Geht damit sparsam um, denn dies ist die erste Attraktion!“

Adam blieb in der Mitte stehen, während der Direktor zurück zur Bühne wich. Währenddessen nahmen die Menschen wieder nacheinander ihre Plätze ein und wühlten in den Kisten.

Und schon flog das erste faule Obst. Eine Tomate, sie landete zermatscht im Sand neben Adams Füßen. Dann warf jemand die nächste und darauf folgten noch weitere.

Der Direktor wirkte zufrieden, als die Menge grölte und lachte, während sie den armen Adam weiter bewarfen.

Und Adam, der sanfte Mann, stand einfach da und bewegte sich nicht. Er ertrug es einfach mit erhobenem Haupt. Selbst als ein faules Ei seine Stirn traf. Er verzog nicht einmal das Gesicht, auch nicht als Tomatenmatsch über seine Augen lief. Wenn er nur wollte, könnte er alle mit seinen bloßen Händen zerreißen und diese Folter würde enden. Ich verstand das alles nicht. Ich sah zu Atsu, dieser starrte gedankenverloren ins Leere.

Der natürliche Drang, einfach wegzulaufen, wurde immer größer, doch ich blieb eisern sitzen und krallte schon regelrecht meine Nägel in die Seiten. Ich war eine Gefangene, ich konnte einfach nur tatenlos zusehen, wie die menschenverachtende Show gerade erst an Fahrt aufnahm.

Adams Vorstellung endete und ich blies die Anspannung aus mir heraus, die sich aufgestaut hatte.

Er musste sich auch noch verneigen. Bei seinen Peinigern sollte er sich also auch noch bedanken? Könnte ich das in diesem Zustand tun? Mich erniedrigen lassen und dafür auch noch artig einen Knicks machen? Ich glaubte nicht. Aber Adam tat es ohne Wenn und Aber. *Der Direktor hat wohl perfekte Arbeit geleistet,* dachte ich verbittert.

Ich wollte aufspringen und nach Adam sehen, ob es ihm gut ging. „Lass ihn." Atsu hielt mich zurück. Seine Stimme klang alarmiert und ließ offenkundig keine Widerrede zu. Ich sank in meinen Stuhl zurück. „Er geht sich abduschen und ist danach wieder der Alte, ehrlich", redete mir Atsu zu.

Die Rampenlichter leuchteten auf die Manege und Cala betrat mit langsamen Schritten diese, so als wüsste sie, was sie gleich erwartete. Auch mir schwante Schlimmes.

Der Direktor ließ die Peitsche hinter Calas nackten Füßen knallen, vermutlich um ihr Dampf zu machen. Sie ging ihm wohl zu langsam. Leicht gebückt blieb sie wie Adam zuvor in der Mitte der Manege stehen. Dabei fiel mir auf, sie war nicht wie Adam angekettet. „Was ist ihr … Auftritt?", wagte ich Atsu zu fragen, doch ich befürchtete, die Antwort bereits zu kennen.

„Nicht viel. Sie bleibt stehen, wo sie ist." Sie stand also nur da, um begafft zu werden?

„Sie ist ein Mysterium. Das kann man nicht übersehen. Und gerade das wollen die Leute sehen …", meinte Atsu und damit war alles gesagt.

Die Menschen auf den Zuseherbänken warteten nicht lange.

„Hässlich! Sieh sie dir an!"

„Diese Gesichter, grauenhaft!"

Die Einzigen, die grauenhaft und hässlich waren, waren wohl sie und nicht Cala, dachte ich wütend. Sehr viele fiese Kommentare waren überwiegend von den weiblichen Gästen zu hören. Die Worte der Frauen waren aufgeladen vor Wut und blanker Verachtung. Ich konnte beinahe spüren, wie sie hinter ihren Masken ihre Nasen rümpften. Die Stimmung schlug immer mehr in blanken Hass um. „Anzünden müsste man die!"

„Stellt euch das mal auf unseren Straßen vor!"

„Ja, ich hätte Angst um meine Kinder."

„Gut, dass dieses Ding hier eingesperrt ist!"

„Es ekelt mich an!"

Cala hatte ihre Haare vorgeschoben, um ihr Gesicht zu verbergen.

Sie drehte sich immer wieder hilfesuchend zum Direktor, doch selbstverständlich kannte dieser weder Mitleid noch Gnade.

„Wer möchte, kann es anfassen! Es ist ganz zahm", rief der Direktor zu meinem Entsetzen auch noch. Ein eiskalter Kloß bildete sich in meinem Hals, als ich begriff. Diese Art von Freakshow war, mir stockte der Atem, eine Erlebnisshow.

Man bezahlte nicht nur für das Zusehen, sondern konnte seinem Hass freien Lauf lassen. Das war keine Manege, das war eine Arena der Verachtung.

Eine Frau ließ sich nicht zweimal bitten. Mit selbstbewussten Schritten betrat sie die Manege. Am Hals der Frau erkannte ich eine schwere Perlenkette.

Auch an ihren Armgelenken trug sie goldene, dicke Armreife. Sie war eine von jenen, die eine Maske mit Fransen trug.

Wie eine Raubkatze schlich die Frau um Cala herum. Sie näherte sich ihr vorsichtig und dann griff sie ihr ungefragt an ihren Bart. Doch sie fasste ihn nicht nur an, sie begann auch noch an diesem kräftig zu ziehen.

Das musste doch wehtun! Die Frau lachte dabei verzückt. Cala bewegte sich kein Stück. Sie schrie nicht, sie gab nicht einen Laut von sich.

Andere Frauen kamen jetzt in Grüppchen dazu und schlossen sich der Untat an, die sich vor meinen Augen abspielte.

„Eines noch, meine Damen. Meine Ware muss noch viele Male auftreten. Kein Blut, keine Brüche, verstanden?", gackerte der Direktor zwischen den Frauen, die sich immer mehr um Cala scharten. Die Frauen wagten sich dicht an sie heran und verloren immer mehr ihre Hemmungen.

Ich sah hilflos zu, wie eine nach der anderen an Calas Haaren riss oder ihr ins Gesicht spuckte, aber Cala rührte sich immer noch nicht. Gerade einmal das Gesicht verzog sie. Es hörte nicht auf! Dabei presste ich meine Finger in meine Oberarme. Meine Nägel drangen ins Fleisch, bis es blutete.

Tatenlos musste ich mitansehen, wie die gutmütige Cala in der Manege ausgeliefert war. Das war einfach nur falsch. Doch es wurde nicht besser.

Die Frau mit der großen Perlenkette ergriff wieder ihren Bart und riss besonders kraftvoll daran und das so fest, dass ich aus der Entfernung das Haar reißen hörte. Diesmal tränten Calas Augen, ihre Lippen formten sich zu einem lautlosen O. Dann verschwand sie unter den Händen der vielen Frauen.

Das musste doch wehtun, das musste doch schmerzen! Sie musste doch schreien, denn das ging einfach zu weit!

Doch das sah der Direktor offenbar anders. Ihm war nur wichtig, die Attraktion nicht zu sehr zu beschädigen. Was das mit Calas Seele machte, war ihm mehr als egal. Ich begriff das alles nicht.

„Wieso nur?“, fragte ich laut und Atsu legte einen Finger auf die Lippen.

„Shhh!“, machte er und warf einen Blick auf den Direktor. Ich war wutentbrannt, doch sollte ich die Show stören, würde der Direktor mich dafür bezahlen lassen.

„Wieso bloß?“, flüsterte ich zu Atsu, nun nah an seinem Ohr.

Er roch nach kaltem Rauch und zerstörten Träumen.

„Warum sagt sie nichts, warum schreit sie nicht?“, wisperte ich aufgebracht.

Er zog eine Augenbraue hoch. „Hat man dir das nicht gesagt? Sie kann nicht schreien. Sie besitzt keine Zunge mehr. Der Direktor hat sie ihr abgeschnitten.“

EINEINHALB STUNDEN VOR MITTERNACHT

DER GOLDENE KÄFIG

In mir brannte etwas durch, ging kaputt. Ein Urinstinkt gewann die Oberhand und lenkte meinen Körper. Er ließ mich vom Stuhl aufspringen. „Hör zu, das ist vor langer Zeit geschehen", hörte ich Atsus Stimme in der Ferne, doch sie hatte keinen Einfluss mehr. Ohne mich nach ihm umzublicken, rannte ich los und ließ die Manege hinter mir.

Calas entsetztes Gesicht, vor Schmerzen verzerrt, hatte sich in mein Gedächtnis gebrannt. Panik machte sich in mir breit, denn ein ähnliches Schicksal wie Adam oder eben Cala würde auch mich in weniger als einer Stunde ereilen.

Das überstehe ich nicht, schoss es mir durch den Kopf. Es lag doch auf der Hand. Der blutige Dompteurstab des Direktors zeugte davon. Ich zweifelte mittlerweile daran, die erste Vorstellung überhaupt lebendig zu überstehen. Ich war eine Todgeweihte. Mein Gehirn spielte ein Horrorszenario nach dem nächsten ab, doch ich versuchte mich krampfhaft auf das Wesentliche zu konzentrieren: Ich musste verdammt noch mal hier raus! Es musste noch einen zweiten Ausgang geben, den hatte jedes Zirkuszelt, das wusste ich noch von Papa! Erst in der Mitte des Spiegelkorridors blieb ich stehen und schnappte nach Luft. Weder Atsu noch die anderen aus der Gruppe schienen mir auf den Fersen zu sein. Es war niemand zu sehen, was aber nicht hieß, dass sie nicht bereits nach mir suchten. Doch das Zelt war groß und weit und so beschloss ich weiterzugehen. Wie immer fühlte sich der Gang endlos lang an, so als wollte er nie enden. Das Stimmengewirr und die Laute aus dem Showsaal waren in die Ferne gerückt. Je weiter ich ging, desto mehr machte sich ein anderes Geräusch bemerkbar. Es passte so gar nicht hierher. Als liefe ein mechanisches Triebwerk, das brummte und surrte. Jetzt begann ich zu verstehen, warum uns Freaks die hinteren Räume untersagt waren. Doch der eigentliche Grund wurde mir erst klar. Wir sollten etwas Bestimmtes nicht sehen und schon gar nicht hören.

Ich wagte mich in die nächsten Räume hinein und erwartete, darin etwas zu entdecken, doch nichts. Sie waren allesamt finster und schienen auch komplett leer zu sein. Nicht alle Zelträume wurden also genutzt. Ich kehrte auf den Gang zurück und schlich langsam vorwärts. Das Brummen wurde lauter und langsam vibrierte der Boden unter meinen Füßen. Etwas schlug hier eindeutig aus. Es musste etwas Großes sein. Eine große Maschine vielleicht? Sie hörte sich so an, als würde sie jeden Moment etwas starten. Und so langsam wurde mir das Zelt immer suspekter. Was zur Hölle ging hier vor? Das Brummen wurde intensiver, je weiter ich vorwärtsging. Dabei überhörte ich beinahe die aufkommenden Schritte, die sich mir von hinten näherten. Schlurfende Schritte.

Nur einer klang so. Der Direktor! Aber wie konnte das sein? Wir waren doch mitten in der Show. Oder gab es vielleicht schon eine Pause? Vielleicht meinetwegen? Hatte Atsu ihn und die anderen informiert? Wenn ja, dann gab es kein Zurück mehr. Ich musste einen Weg hier raus finden! Und ich bekam sicherlich nur diesen einen Versuch. Da ich meine Zunge noch eine Weile behalten wollte, hastete ich weiter in den nächstgelegenen Raum. Wartete dort hinter einer Ecke und hielt den Atem an. Mein Herz pochte so stark, als wollte es mir jeden Moment aus der Brust springen. Ich schloss die Augen, das half ein wenig. Wenn er mich jetzt fand, wollte ich den Augenblick nicht sehen. Aber nichts geschah, stattdessen wurden die Schritte leiser. Sie entfernten sich wieder! Ich verharrte, bis diese ganz verklungen waren. Offenbar suchte er woanders weiter.

Ich lehnte mich an die Zeltwand, atmete ein und wieder aus, aber nicht vor Erleichterung. Das alles war doch so hoffnungslos, wie die Räume hier endlos waren.

Und wenn ich ehrlich zu mir selbst war, konnte ich nicht so einfach weg. Denn Klick-Luck lag noch vergraben in der Obhut des Zeltes. Erschöpft vom Adrenalin in meinen Adern hockte ich mich in den Sand.

Selbst wenn es mir gelingen würde wegzulaufen, wäre da immer noch Lord Robert. Er würde mich jagen und dafür büßen lassen und was würde erst der Direktor tun, wenn er mich wieder in die Finger bekäme? So langsam bekam ich wieder genug Sauerstoff in meine Lunge und stand auf. Ich sollte wohl zurück. Doch etwas berührte mich, ganz sachte im Geist. Es hielt mich zurück. Und so blickte ich mich um, in welchen Raum ich getreten war. Er war wie der des Direktors. Dunkel und sehr kühl.

Meine Haut fing an zu prickeln und ich zog meine Jacke enger um mich.

Ein seltsames Gefühl beschlich mich. Etwas lag in der Luft, als wollte etwas oder jemand nach mir greifen. Aber hier stand nicht mehr als ein einzelner hoher Käfig im Raum. Ein nachtschwarzes Tuch dunkelte diesen ab und ein einziger Strahl Mondlicht leuchtete auf ihn. Ich fühlte mich auf einmal beschwingt und leicht. Dann sah ich mich auch schon auf den Käfig zugehen. Ich wollte unbedingt wissen, was sich darunter versteckte.

Und während ich darüber noch nachdachte, enthüllten auch schon meine Hände, was darunter im Verborgenen lag.

Ich hatte mit einer Leiche gerechnet, mit einem Tier oder einem Menschen, aber ich wusste nicht genau, was es wirklich war. Mitten im Käfig saß auf einer Stange eine dünne, helle Gestalt. Sie sah aus, als hätte das Mondlicht sie erschaffen, so weiß war ihre Haut. Es war eine Frau. Sie rührte sich nicht. Ich wusste nicht, ob sie schlief, ob sie lebendig war. Ihre Augen waren geschlossen und ihre Wimpern waren auffällig lang. Wunderschön. Sie war wunderschön. Doch ihre Lippen waren versiegelt mit einem silbernen Gitter, das mit dem Kragen ihres dünnen Kleides verschmolzen war. Es bestand aus reinen, silbernen Federn, die ihr bis zu den Schenkeln reichte. Sie wirkte stählern, wie der vergoldete Haarreif aus Lorbeerblättern, der ihr Haupt zierte.

Ihr Haar war glatt und lang, es berührte fast den Boden. Ich umrundete sie voller Ehrfurcht. Aus der Mitte ihrer Wirbelsäule ragte ein beträchtlicher Aufziehschlüssel. Die Brust wurde mir eng und dennoch war ich fasziniert. Der Schlüssel selbst war edel und vergoldet. Er war fest in ihrem Rücken verankert, als wäre er Teil ihres Körpers. Welch Pein dieser Körper wohl durchstanden haben musste?

Ihr Anblick war verstörend und traurig zugleich. Doch es war mehr als das. Sie war es, die im Glanz der Dunkelheit weilte, mich aber anzog wie Motte das Licht.

Ich entdeckte überall auf ihrer Haut goldene Schnitte.

Besonders an den Gelenken. Das mussten so was wie Narben sein.

Sie trug wie die anderen keine Schuhe, doch ihre Fußsohlen waren sauber. Wie lange musste sie hier drinnen wohl schon leben? Abgesperrt und getrennt von der Außenwelt. Was hatte sie wohl getan, um hier zu landen? Da fiel es mir ein: Sie musste die goldene Engelspuppe sein. Sie war, im Gegensatz zu den anderen, die ganze Zeit eingesperrt. Wie ein Vogel in einem goldenen Käfig, aus dem es kein Entkommen gab. Während ich sie betrachtete, regte sich etwas in ihrem Gesicht. Eine einzelne Träne rollte über ihr Antlitz und hinterließ eine blasse, glitzernde Linie. Ich rieb mir ungläubig mehrmals die Augen, doch wirklich. Die Frau weinte flüssiges Aurum! Also pures Gold!

Noch nie im Leben hatte ich so etwas Schönes und gleichzeitig so Trauriges zu Gesicht bekommen. Sie machte mich glücklich und zugleich auch traurig, sie verzückte mich mit ihrer lieblichen Gestalt. Es war, als überzog eine zarte, harmonische Harfenmusik meinen Verstand und die Sinne.

Nichts anderes auf der Welt begehrte ich mehr, als sie zu trösten und sie zu berühren, diese stählerne Schönheit. Ich konnte nicht anders. Ich streckte meine Hand durch den Käfig und ignorierte die immer lauter werdende, warnende Stimme in meinem Kopf. Es war doch alles gut und fein!

Meine Fingerspitzen berührten sie bereits. Da legte sich ein dunkler Schatten über die geschlossenen Augen der Frau und als sie sie öffnete sah ich in zwei rote Augen, die mich fixierten. In ihnen loderte ein warmes Winterfeuer. Warm? Zu warm … Ich kam zu mir und blickte einer Frau entgegen, in deren Augen ein Inferno tobte. Sie besaß keine Pupillen und keinerlei Iris, nur tausend brennende Höllenfeuer. Und die hungerten nach mir.

Ich wollte noch meine Hand wegziehen, doch zu spät. Was immer sie auch sein mochte, sie bewegte sich schnell. Ihre Glieder verdrehten sich hörbar, ihre Gelenke knackten und mit unnatürlicher Geschmeidigkeit bewegte sie sich auf mich zu. Allein dieser Anblick ließ mein Blut zu Eis erstarren. Spindeldürre Hände ergriffen meine Hand und schlossen sich um sie wie ein Schraubstock. Mir entwich ein Schrei, doch er blieb in meiner Kehle stecken. Sie war nicht echt, sie konnte nicht echt sein. Doch jedes einzelne Knacken ihres Körpers ging mir bis ins Mark. Ich sah herab auf ihre Hände, die mich festhielten. Die vielen Narben auf diesen waren gar keine, sondern Abdrücke von goldenen Zahnrädern, die sich durch ihre fast durchsichtig weiße Haut empordrückten. Sie hielten ihren Körper zusammen.

Knack. Sie legte den Kopf zu Seite. *Knack.*

„Wer bist du, Menschlein?", erklang eine schrille Stimme in meinem Kopf. Nein, sie sprach von allen Seiten des Raumes auf mich ein. Ich konnte es mir nicht erklären, aber die Stimme klang zerbrechlich wie ein Ast. Als ich nicht schnell genug antwortete, schnitt sie mir mit ihren langen, schwarz lackierten Nägeln in mein Armgelenk.

„Ich …", brachte ich unter Schmerzen hervor.

„Ja, mein Herz?", säuselte die Todesfee, verstärkte den Druck und ich schrie abermals auf.

Dann wurde der Blick der bleichen Frau starr.

Ich wollte ihr antworten, doch meine Synapsen konnten meinen Namen nicht erfassen. So sehr ich es auch wollte.

Immer, wenn ich dachte, ihn erreicht zu haben, entglitt er mir wieder wie eine Muschel, die von einer Welle fortgespült wurde.

„I-ich-ich bi-bi-bin die Neue. Die-die n-n-neue Attraktion", stammelte ich zusammen und hoffte inständig, es möge ihr als Antwort reichen.

Eine perfide Falle, in die ich da getappt war.

Sie würde mich töten. Ich wusste es einfach.

Doch dann las ich den Ausdruck von Überraschung in ihrem Gesicht.

„Ist das so?", antwortete sie melodisch und legte knackend den Kopf schief. „Ich weiß", fuhr sie mit gelangweilter Stimme fort und die Schatten wichen aus ihrem Blick. „Hab's … gehört."

Dann ließ sie mich los und kehrte zurück in den Schatten des Käfigs. Anschließend ließ sie ihren Körper hängen. Wie eine Puppe, der die Energie ausgegangen war.

Im selben Augenblick stürmte jemand in den Raum. „Bleib weg von ihr!", donnerte eine andere Stimme und diese kam von Atsu.

Sein Gesicht glich einer Maske. Doch Atsus Anblick erwärmte mein Herz. Es tat gut, ihn zu sehen. Und auf einmal wurde es wieder still in meinem Kopf, so als wäre ein Zauberbann gebrochen worden. Endlich fühlte ich wieder Kontrolle über meine Gefühlswelt. Die gefährliche Schönheit zog ihre knochenweißen Knie an sich heran und begann ein Lied zu summen. Selbst das klang auf eine verstörende Art schön …

Atsu schlug mit einer Bewegung die Tücher wieder um den gesamten Käfig. „Verflucht!" Atsus Gesichtszüge wurden hart. „Du hast hier nichts zu suchen!" Wutentbrannt sah er mich an und ich merkte erst jetzt, dass die Worte an mich gerichtet waren. „Geht es dir gut?", fragte er und packte mich dabei an den Schultern.

„Ich denke schon", keuchte ich, obwohl es sich anfühlte, als wäre jemand über mein Grab gelaufen. Er schien mir nicht zu glauben. Denn daraufhin prüfte er meine Arme und Hände. Und zu meiner eigenen Überraschung waren nicht einmal die Abdrücke ihrer Fingernägel zu sehen.

Unangenehm berührt, entzog ich ihm meine Hände. „Was … wer ist sie?", fragte ich.

Ehe er antwortete, horchte Atsu für einen Moment lang in die Stille hinein. Dann sagte er mit gedämpfter Stimme: „Soutaine Lamb. Des Direktors ehemalige Ehefrau."

EINEINHALB STUNDEN VOR MITTERNACHT

SOUTAINE

Atsus Augen huschten noch einmal über meinen Körper, als könnte er es nicht ganz glauben, dass ich noch ganz war. „Und dich hat sie soeben verschont", hauchte er ungläubig.

Ich erinnerte mich, wie sie mich angestarrt hatte.

„Mich verschont?", fragte ich.

„Ja! Und jetzt leise!", flüsterte er und lugte vorsichtig auf den Flur, um sich zu vergewissern, dass die Luft auch rein war.

Offensichtlich wollte er keine Sekunde länger Zeit in dem Raum hier mit Soutaine verbringen. Und das konnte ich mehr als nachvollziehen.

Meine Gedanken rasten, als wir den Gemeinschaftsraum erreichten. Die anderen schienen mit der Organisation beschäftigt oder machten sich selbst für die eigene Darbietung bereit, denn der Raum war leer. Auf einmal nahm ich auch wieder die Showgeräusche wahr. Sie drängten sich mir wieder in den Vordergrund. Ich hatte fast vergessen, warum ich eigentlich hier war. „Sie … ihr Körper. Und ihre Augen … Sie hat Gold geweint." Ich rang um Worte. Ich war immer noch fassungslos. Es klang so absurd, als ich es aussprach, und doch war es wahr.

Atsu nickte. „Ja, das ist etwas, was sie so besonders und anziehend macht für ihre Opfer."

„Opfer?", fragte ich alarmiert. Tötete sie etwa … Menschen, aber … sie war doch selbst einer.

Oder? Nun lief gefühlt eine ganze Armee über mein Grab. „Was zum Teufel ist sie?"

„Ich weiß nicht, ob es dafür je einen Namen geben wird. Aber *Adze* trifft es wohl am ehesten, so würde das ghanaische Volk sie wohl bezeichnen. Ein tückisches Nachtwesen."

Ich blieb stehen, ich musste. „Ich dachte, wir Freaks sind Menschen?"

Atsu zuckte mit den Achseln. „Oh, das war sie auch, vor langer Zeit. Aber da war ich noch gar nicht geboren. Ich kenne ihre Geschichte nur von den anderen." Er wischte sich kalten Schweiß von der Stirn. Das Gespräch behagte ihm nicht sonderlich.

„Was ist ihr passiert?" Eigentlich hatte ich gehofft, diese Frage nie wieder stellen zu müssen. Was wusste ich wohl noch alles nicht?

„Der Direktor ist ihr passiert", antworte Atsu flüsternd. „Er las sie während einer seiner Weltbereisungen in Spanien auf. Ihre Haut war immer schon kreideweiß gewesen. Sie wurde so geboren. Und das war auch das Einzige, was er nicht an ihr verändert hat. Der Direktor verliebte sich sofort in sie, als er sie das erste Mal sah. Es heißt auch, sie wurde bereitwillig seine Frau, weil sie genauso fühlte, sehr sogar, erzählte man mir. Er trat mit ihr auch auf, denn ihre schneeweiße Haut war eine Rarität, die perfekt in sein Programm passte. Doch eines Tages betrog er Soutaine auf furchtbare Art und Weise. Der Direktor verdiente mit ihr gutes Geld, doch er wollte mehr und mehr davon. Er wurde gierig. Eines Tages kam sie auf einem Operationstisch zu sich. Er legte sie in die Hände von Menschenbastlern und Wissenschaftlern, um sie zu einer Kuriosität zu machen. Bei dem einen Mal blieb es aber nicht. Nie war es genug."

Atsu schüttelte angewidert den Kopf.

„Je öfter er sie unters Messer legte, desto mehr verlor sie ihre Menschlichkeit und alles, was sie ausgemacht hatte. Als er sie zuletzt wieder zusammenbauen ließ, wurde sie zu dem, was sie heute ist. Eine Puppe. Ihr Geist war gebrochen und die alte Soutaine gab es nicht mehr. Der Direktor hatte das, was er wollte. Er sperrte sie hier ein und so wurde sie voll und ganz zu seinem Eigentum, wie wir es sind." Ich wollte, dass diese Erzählung endete, doch das tat sie nicht. Sie nahm kein Ende. „Bald ließ er sich offiziell von ihr scheiden. Er ließ ihre beiden Eheringe mit ihrem Aufziehschloss verschmelzen. Als letzten Liebesbeweis. Ist das nicht romantisch?"

Er schnaufte verächtlich. „Er hatte damals einen bizarren Hang zur Dramatik, unser lieber Herr Direktor." Ich schwieg betroffen. Dieses Elend, wie konnte man das einfach zulassen? Ich verstand das alles nicht. Atsu bedachte mich verständnisvoll. „Du magst vielleicht Mitleid mit ihrem Schicksal haben und das ehrt dich. Aber lass dich nicht täuschen", warnte er mich. „Ich war damals noch ein Kind, als ich sie hier in diesem Raum kennenlernte, doch da war sie schon so, wie sie jetzt ist. Eine verschlagene Bosheit, die an nichts anderes denken kann als an Zerstörung, an den Drang, alles Lebendige zu vernichten, erfüllt sie. Das ist jetzt ihre Natur, ihr Trieb, der sie am Leben hält."

„Eine schreckliche Vorstellung", flüsterte ich. „Es muss anstrengend sein, nichts anderes mehr zu wollen …" Ich sah ihn fragend an, unsicher, ob ich das vielleicht missinterpretiert hatte, doch er nickte zustimmend.

„Ja, dafür lebt sie. Und das ist der Grund, warum sie nie mehr frei sein darf. Sie muss in dem Käfig eingesperrt bleiben, für alle Zeit.

„Sie tritt also nicht auf?", fragte ich hoffnungsvoll und hoffte auf seine Zustimmung, doch die kam nicht.

„Sie ist immer noch eine von uns. Eine Attraktion des Direktors. Aber heute wird sie nicht auftreten", beruhigte er mich, als mir die Kinnlade herunterfiel.

„Sie tritt in ihrem Käfig auf, aber stets nur für ein kleineres und überschaubareres Publikum. Denn nur so hat man Soutaine besser im Blick und unter Kontrolle. Sie ist darauf gepolt, mit ihren goldenen Tränen anzulocken. Und ihre Opfer werden jene Unglücksraben, die nach dem Gold auf ihren Wangen gieren. Diese Tränen mögen Gold sein, doch findet man darin nur Pech und Tod. Sie fasst dann nach ihren Opfern und tut ihnen so lange schrecklich weh, bis sie hat, was sie will." Ich erinnerte mich an ihre langen, spitzen Klauen, die mich festgehalten hatten, und erschauderte abermals.

„Und was ist das, was sie will?", wollte ich wissen.

„Sie will, dass man ihren Schlüssel ergreift und ihn ganz aufzieht." Jetzt war es Atsu, der erschauderte und sich über seine Arme fuhr, als sei ihm nun kalt und bange.

„Soutaines Lebensenergie, musst du wissen, ist an den Aufziehschlüssel an ihrem Rücken gebunden", erklärte er zögerlich. „Dieser ist nicht ohne Grund immer nur ein klein wenig aufgezogen. Der Direktor ließ ihn so anfertigen, dass sie selbst nie an ihn herankäme. Sie wird immer nur zur Hälfte aufgezogen, um weiter existieren zu können. Dieses bisschen an Energie, die sie besaß, hätte ausgereicht, dir wehzutun, wenn nicht gar dich zu töten. Doch es gibt Schlimmeres als den Tod, vor allem wenn sie dich dazu gebracht hätte, den Schlüssel aufzuziehen. Und dann hätte sie wieder ihre ganze Lebensenergie erlangt."

„Was passiert, wenn sie diese wieder erlangt?"

„Zuerst würde sie ihre Gitterstäbe, die sie von der Freiheit trennen, auseinanderbiegen und aus ihrem Gefängnis schreiten."

„Was … passiert, wenn ihr all das gelingen sollte?“

„Dann … kann sie mit einem einzigen Wimpernschlag die ganze Welt vernichten.“

Etwas Kaltes lief mir über den Rücken, es hätten ebenso Soutaines Fingernägel sein können. Und Atsus Miene blieb weiterhin todernst. Schalk suchte ich vergeblich in seinen dunkelbraunen Augen. Das verriet mir, dass er das nicht im Scherz gesagt hatte. Soutaines vergitterter Mund kam mir in den Sinn. Mutter Natur bewahre! Wozu war dieser fähig?

EINEINVIERTEL STUNDEN VOR MITTERNACHT

ZERBROCHEN

Ich erreichte gerade noch den Toilettenraum und übergab mich.

Die tote Frau hinter Glas, Soutaine, die sich an mir festkrallte.

Es brach alles aus mir heraus und ich hoffte so auch diese Bilder aus meinem Kopf zu bekommen.

DeBell erwartete mich draußen. Sie sagte nichts, aber das musste sie auch nicht. Ihr scharfer Blick sprach Bände.

Sie wusste es schon. Mit hängendem Kopf wankte ich DeBell hinterher.

Ich konnte es ihr nicht verübeln. Wenn ich Atsus Worten Glauben schenkte, hätte ich beinahe die Apokalypse heraufbeschworen. Das hörte sich selbst in meinen Gedanken immer noch absurd an. War es wirklich wahr? Übernatürliches gab es doch gar nicht. Und doch hatte ich Soutaine mit eigenen Augen gesehen.

Soeben war die Vorstellung Calas beendet worden. Von Cala war keine Spur mehr zu sehen. Ich konnte nur erahnen, wie sie sich fühlen musste.

Die anderen hingegen standen im Halbkreis hinter der Bühne. Sie mieden meinen Blick und sahen aus, als hätten sie eine hitzige Debatte hinter sich. Keiner von ihnen machte auch nur Anstalten, mir die Meinung zu geigen. Als sie mich bemerkten, zerstreuten sie sich wieder. Einzig Peter warf mir einen säuerlichen Blick zu und schüttelte nur den Kopf. Ich fühlte mich auf einmal mies. Sie hatten alles Recht der Welt, auf mich sauer zu sein, denn ich hatte nicht nur mich, sondern auch sie mit meiner misslungenen Flucht in Gefahr gebracht. „Der Direktor erfährt wohl besser nichts von deinem kleinen Ausflug“, hatte Atsu noch zu mir gesagt. „Aber den anderen müssen wir es sagen. Vor allem DeBell. Auch wenn sie sicherlich schon etwas in der Richtung geahnt haben wird. Ihr entgeht selten etwas. Sie und ich, wir sind übrigens für dich verantwortlich, vor allem DeBell.“

„Aber warum gerade ihr zwei?“, hatte ich ihn gefragt.

Worauf er abwehrend die Hände hob. „Ich hinterfrage ihn besser nicht.“

Adam war für die Bühnentechnik an der Reihe und öffnete wieder den Vorhang, damit die Show weitergehen konnte. Erneut saß ich auf dem Platz neben Atsu. Doch diesmal waren wir nicht allein, denn DeBell setzte sich zu uns. Sie passten auf mich auf, damit ich nichts Halsbrecherisches mehr unternahm. Die Show ging weiter. Ein hoher Kunstrasen mit vielen Grashalmen und Blumen aus Plastik war ausgerollt worden. Sie verbargen den Wolf, der sich darin aufhielt, aber nur fast. Alles daran wirkte einfach nur lächerlich und das sollte es wohl auch.

Man wollte ihn als Wolf in der freien Wildbahn darstellen. Doch eine einzige Sache daran faszinierte mich. Ein Dutzend mechanische Schmetterlinge umgaben ihn und flatterten von Blume zu Blume.

Ich bin auch Techniker und Erfinder …

Das mussten Peters Erfindungen sein. Und sie waren wunderschön. Peter bewegte sich auf allen vieren und zeigte somit den Zusehern seinen behaarten Körper. Schallendes Gelächter drang währenddessen durch die Zuseherreihen.

Was soll das bedeuten? Genau wie die anderen verdiente er all das nicht. Keiner verdiente das. Noch dazu war er mit einer Fußfessel angekettet. Zur Beruhigung der Zuseher, wie der Direktor gesagt hatte. Doch es war mehr als das, es war Schikane.

„Sein pelziges Haar gefällt mir und wäre perfekt für neue Pinselborsten. Ich muss in der Pause unbedingt mit dem Direktor sprechen! Ich zahle gut!", hörte ich eine begeisterte Männerstimme. Andere stimmten zu. „Es wäre ein nettes Andenken."

Auf einmal verlor Peter das Gleichgewicht und fiel mit dem Gesicht voran in die Wiese. Damit erntete er vereinzelte Lacher. Er fluchte hörbar und setzte sich wieder auf. Doch der Sturz hatte die Schmetterlinge aufgescheucht. Sie bildeten kleine Grüppchen in der Luft und flogen in alle Himmelsrichtungen davon.

Und da konnte ich sie in all ihrer detaillierten, ausgebreitenden Pracht erleben. Diese metallenen Wesen bestanden aus zarten Gliedern und Augen. Wendige Zahnräder und feinblättrige Flügel zierten ihre winzigen Rücken. Die Luft wurde von ihrem sanften Surren erfüllt. Da wurde mir klar, das waren keine Schmetterlinge, sondern kleine Feen!

Ihre Körper waren steif, nur ihre Flügel bewegten sich anmutig durch die Lüfte.

Obwohl ich mich an solchen Wesen an einem dunklen Ort erfreute, waren es nicht irgendwelche Feen, es waren die meines Vaters. Vor vielen Jahren hatte er mehrere hergestellt und an andere Händler und Interessenten verkauft. Seine Schrauben waren es gewesen, die durch ihre Beschaffenheit die kleinen, zarten Körper erst lebendig machten. Aber Peter dürfte diese Feen mit anderen Materialien und Werkzeugen optimiert haben. Sie wirkten viel wendiger und lebhafter. Die Welt der Technik hatte sich in den letzten Jahren weiterentwickelt. Auch wenn mein Papa nicht mehr am Leben war, so lebten seine Schrauben und die Vision von den fliegenden, mechanischen Wesen weiter. Und ich traf sie hier, an diesen schrecklichen Ort. Es war schon ein glücklicher Zufall.

Denn die Liebe, so hieß es, sei das Einzige, was unsterblich sein konnte, sie fand immer wieder zu einem zurück. Und sei es nur, um mal anzuklopfen oder auf eine andere Weise Hallo zu sagen. Eine Träne entkam mir.

Die Feen ließen sich nicht beruhigen. Sie flogen wild umher.

Peter rief nach ihnen und winkte sie hektisch zu sich. Sein Blick wurde immer verzweifelter. Denn er musste mitansehen, wie seine Feen bereits über die Köpfe des Publikums hinwegflogen. Einige Zuseher standen sofort auf und streckten ihre Hände nach den Wesen aus, um nach ihnen zu greifen oder nach ihnen zu schlagen. Daraufhin wichen diese verschreckt zurück, doch es war zu spät. Eine Fee wurde getroffen.

In meinem Kopf kam eine Erinnerung hoch und ich sah, wie die Fee parallel neben dem Luftschiff meines Vaters hinunterstürzte und wie sie beide gleichzeitig am Boden zerschellten. Schrauben zersprangen und verteilten sich in alle Richtungen. Ein Mann mit auffällig großer Fliege an seinem Kragen reagierte sofort.

Er stieg mit seinem Stiefel auf die Fee und hörte nicht auf nachzutreten, bis es unter seinen Schuhen hörbar laut knirschte.

Alles, wofür mein Vater je gestanden hatte, wurde hier unter den Füßen dieses Mannes zertrümmert.

Eine Träne nach der anderen schoss mir aus den Augen. „Die Fee, sie war nicht echt“, wollte DeBell mich beruhigen. Aber für mich und Peter war sie echt gewesen. Ich konnte es in seinen Augen sehen. Etwas zerbrach in ihm, als der Mann noch ein letztes Mal mit voller Wucht auf seine Erfindung stieg und dabei seine Maske seelenruhig zu Peter drehte.

Dieser ballte die Fäuste und fing an zu knurren.

Dann fletschte er die Zähne. Gerade als ich glaubte, er würde sich jeden Moment von seiner Fußfessel losreißen und sich auf das Publikum stürzen, tauchten hinter Peter zwei große Hände auf. Sie packten ihn und zogen ihn, als wäre er ein Leichtgewicht, von der Bühne.

Daraufhin erfolgte ein herzzerreißendes Aufheulen. DeBell neben mir seufzte erleichtert. Dann sprang sie auf. „Ich sehe nach ihm“, sagte sie und eilte los. Im Spiegelgang wartete bereits Cala auf sie, mit der sie gemeinsam verschwand. Ein peinliches Schweigen war eingetreten, das nur von manch unsensiblen Kommentaren oder gar Kichern unterbrochen wurde. Der Direktor lachte schallend los. „Sehen Sie?“, feixte er. „Wenn man Tiere reizt, werden sie zu Bestien.“ Das war nicht geplant gewesen. Aber er überspielte den Vorfall gekonnt. Und das sicherlich nicht zum ersten Mal.

Daraufhin legte sich die allgemeine Verunsicherung im Publikum wieder und dieses lachte und klatschte vor Begeisterung.

Es hatte offensichtlich seinen Spaß. „Und jetzt ist Halbzeit, meine lieben Freunde! Die Freakshow ruht nun für zwanzig Minuten! Bitte folget mir doch ins Vorzelt, dort könnt Ihr mit mir ein wenig plaudern oder Euch die Beine vertreten, wenn Ihr mögt!“, verkündete der Direktor fröhlich. Eine triste Pausenmusik erklang und alle Leute schoben sich aus dem Showsaal. Auch der Direktor verschwand sogleich und ließ die Bühne hinter sich.

Einzig Atsu blieb bei mir.

Die Manege samt Zuschauerrängen war nun leer. Ich stand über die Stelle gebeugt, wo die Fee lag, oder besser das, was von ihr noch übrig war. Atsu hatte den Showsaal mit dem roten Band abgesperrt. Wir mussten Die Überreste der Fee zuerst wegräumen, bevor sich noch jemand daran verletzte. Die Suche nach ihren Teilen gestaltete sich schwierig, da die Leute beim Hinausgehen diese auf dem Boden zerstreut hatten. Ich holte den Großteil der Fee unter einer der Bänke hervor. Sie lag auf dem Gesicht. Das war ein Anblick, der mir das Herz brach. Wie konnte man nur so etwas Schönes zerstören? Mir wurde klar, dies hätte auch Klick-Luck sein können.

Behutsam umfasste ich das zerstörte Wesen und stand auf. Ich schloss meine Hand um sie und schlug für einen Augenblick meine Augen nieder.

Es gibt Menschen, die hassen, was sie nicht verstehen …

Ich wusste, was ich nun zu tun hatte.

EINE STUNDE VOR MITTERNACHT

SCHMERZ

Ich hatte die Gelegenheit ergriffen, als Atsu sich auf den Weg zur Toilette machte, und schlich mich zurück auf den Spiegelgang. Der Vorhang des Erfinderraums war zugezogen. Ich hörte zwei Stimmen miteinander sprechen.

„Es tut mir wirklich leid“, hörte ich DeBell sagen.

Und dann kam sie auch schon herausgestürmt. Allerdings ohne Peter. Sie rauschte, ohne mich eines Blickes zu würdigen, an mir vorbei.

Ich fand Peter. Er saß verkehrt auf seinem Stuhl und stützte sein Kinn mit seiner Faust. Dabei starrte es ins Nichts.

Sein Zorn schien verraucht zu sein, stattdessen zeichneten sich dunkle Ringe unter seinen Augen ab, so als hätte er geweint. Armer Peter. „Was willst du?“, fragte er tonlos.

Er mochte mich nicht, er wollte mich hier nicht haben. Aber er tat mir deswegen nicht weniger leid.

„Warum bist du hier?“, fragte er in einem gleichgültigen Ton.

„Lass mich deine Fee reparieren, Peter“, bat ich ihn. Ich blieb zwischen Vorhang und Flur stehen, weil ich erwartete, dass er mich gleich wieder hinausscheuchte. Doch das tat er nicht. Er tat nichts dergleichen. „Mein Vater, er zeigte mir, wie man Dinge repariert. Er war ein Erfinder, wie du. Wir könnten sie wieder hinbekommen.“

Peter blieb unbeeindruckt. „Wir haben keine Ersatzteile mehr. Die sind schon längst überholt. Wenn man sie mit neuen Teilen wieder zusammenschraubt, wäre sie nicht mehr dieselbe“, murmelte er und ließ den Kopf hängen. In diesen Worten lag nicht nur Wahrheit, sondern auch Schmerz.

Als ich zurück auf den Spiegelgang ging, achtete immer noch niemand auf mich und Atsu schien ich immer noch abgehängt zu haben, was mir nur allzu gelegen kam.

Doch mir blieb nicht viel Zeit, denn Atsu heftete sich sicher bald an meine Fersen.

Und als wäre das das Stichwort gewesen, regte sich etwas im Spiegelgang. Es klang so, als schleppte sich jemand schwerfällig vorwärts. So bedächtig und auch so furchtbar nahe. Ich blieb abrupt stehen, hielt den Atem an und drehte mich um, doch hinter mir befand sich niemand. Noch ehe ich das tat, erstarb das Geräusch. Ich war mutterseelenallein. Ich wartete. Mein Herz pochte und pochte. Doch nichts passierte. Es war keiner zu sehen. Einzig und allein die ferne Stimme des Direktors war zu hören. Und das Publikum. Es ging also gleich wieder weiter. *Aber Moment,* dachte ich. Das hieß, dieses Geräusch konnte gar nicht der Direktor sein. Irgendetwas oder jemand schlich durch das Zelt und das nicht zum ersten Mal.

Ich musste an die vielen Gesichter auf den Fotografien denken. Gab es noch jemanden, von dessen Existenz ich nichts wusste?

Das Geräusch kam nicht wieder, also schlich ich vorsichtig weiter. Erneut sanken die Temperaturen dramatisch, als ich mich in Soutaines Raum wagte. Ohne zu zögern, riss ich das Tuch vom Käfig. Dieses fiel auf die Erde wie ein schwarzes Leichentuch.

Soutaine saß immer noch so da, wie ich sie zurückgelassen hatte. Eingesunken und matt. Sie sah gelangweilt zu mir hoch.

„Ich höre ihn auch, den Direktor …“, säuselte sie. „Keine Sorge, er kommt nur selten hier rein. Aber manchmal, in den dunkelsten Stunden der Nacht, da besucht er mich und redet mit mir.“ Ihre roten Augen blickten sehnsuchtsvoll zum Eingang. Ein Schatten Traurigkeit legte sich über ihren Blick. „Was willst du?“, fuhr sie mich an, als störte ich sie oder kratzte alte Wunden auf.

„Ich …“ Erneut erklangen Schritte. Diesmal waren es eilige. Soutaine richtete sich interessiert auf und legte ihren Kopf schief.

Atsu erschien und trat ein. Er fluchte nicht und er sagte auch nichts, sondern sah mich und Soutaine erwartungsvoll an.

Bevor er es sich doch anders überlegte, streckte ich ihr meine Hand entgegen und öffnete vor ihr meine Handfläche. „Soutaine“, sagte ich mit der festesten Stimme, die ich aufbringen konnte. „Ich brauche deine Hilfe.“

Und da war sie wieder, die Angst, Soutaine könnte es sich anders überlegen und mich Stück für Stück in Einzelteile zerpflücken und mit mir die ganze Welt. Doch Soutaine tat etwas, womit ich nicht gerechnet hatte.

Soutaine, sie strahlte, über ihr ganzes Gesicht.

Wenige Minuten später verließen wir ihren Raum und Atsu folgte mir nach draußen. Ich konnte nicht glauben, was ich getan hatte, und ich fühlte mich berauscht, weil ich immer noch am Leben war. Mir war es mit Soutaines Hilfe gelungen, die Fee mit ihren goldenen Tränen zusammenzukleben, da das Gold sich in Minutenschnelle verhärtete. Stück für Stück baute ich die Fee noch zwischen Käfig und Soutaine zusammen.

Atsu hatte die ganze Zeit neben mir gestanden, als Soutaine für mich eine goldene Träne vergossen hatte und Zerbrochenes wieder ganz machte. Er hatte kein einziges Mal eingegriffen und mich einfach machen lassen.

Selbst jetzt sagte er kein Wort, stattdessen hatte er seinen Hut abgenommen und drehte ihn mit seinen Händen.

Ich blieb stehen und sah ihn fragend an.

„Sie hat gelächelt“, sagte er zögernd. Dann sah er mir ins Gesicht. „Nein, sie hat gestrahlt wie die Sonne. Das hat sie seit vielen Jahren nicht mehr getan.“

Atsu blieb draußen stehen, als ich zurück in den Erfinderraum ging. Peter saß wie zuvor dort, allerdings war er von oben bis unten mit Obst- und Gemüseflecken bedeckt. Bestimmt hatte ihn der Direktor noch in der Pause zurechtgestutzt, damit er seinen Auftritt zu Ende brachte. An seinen behaarten Beinen entdeckte ich ein paar kahle Stellen. Ausgerissen, für ein paar Souvenirs.

Er wirkte müde und seine Augen leer. Seinem Koffer zugewandt, sortierte er die restlichen Feen ein.

Er tat das mit so einer Sanftheit und Hingabe, wie mein Vater mit seinen Sachen umgegangen war. Als wären sie seine eigenen Kinder.

„Hey“, begrüßte ich ihn.

„Kannst du nicht fragen, ob du hereinkommen darfst, wie jeder andere hier …“

Ich ließ ihn nicht ausreden, sondern drückte ihm die Fee in die Hand. Seine Augen weiteten sich, als er sie betrachtete. „Wie hast du …“, fragte er ungläubig.

„Wie ich dir schon sagte, mein Vater“, sagte ich knapp. „Er hat mir viel beigebracht. Er war zu seinen Lebzeiten Erfinder, wie du.“ Peters erstarrte förmlich. „Ich hab sie nach der Vorlage meines Vaters wieder zusammengesetzt, so gut es ging. Ihre zerbrochenen Gliedmaßen und Räder hab ich mit Gold zusammengekleistert. Eine andere Möglichkeit wusste ich nicht. Sie kann zwar nicht mehr fliegen, aber muss sie das? Sie ist immer noch sie.“

Peter blickte mich an, also so richtig. Als sah er mich nun zum ersten Mal wirklich.

„Sie mag gebrochen worden sein, aber … sie ist nicht mehr zerbrochen“, murmelte ich verlegen.

„Das ist …“, brachte er nur hervor und blickte wie angewurzelt zurück auf die reparierte Fee.

Ich nickte ihm nur freundlich zu und machte mich auf, den Raum zu verlassen. Doch nun fühlte ich mich nicht mehr allein. Der Geist meines Vaters war nun mit mir.

Ich drehte mich noch einmal nach Peter um. Er blickte mir nach, jede Zwietracht und Abneigung schien wie weggewischt. In seinem Gesicht las ich nur eines: pure Dankbarkeit.

FÜNFUNDVIERZIG MINUTEN VOR MITTERNACHT

GEISTER

Als ich aus Peters Raum kam, war Atsu verschwunden. Seltsam, auf einmal hatte keiner mehr ein Auge auf mich. Womöglich war ein Chaos ausgebrochen, von dem ich noch nichts wusste. Ich überlegte kurz, Peter danach zu fragen, entschied mich aber doch dagegen. Und schließlich im Gemeinschaftsraum fand ich Atsu. Er lehnte lässig an einem alten Weinfass und rauchte eine Zigarre. Dadurch wirkte er älter, als er tatsächlich war. Soweit ich es im Kopf hatte, stand sein Auftritt unmittelbar bevor. Ich ging auf ihn zu, mit dem Gedanken, ihm alles Gute zu wünschen, wobei, nein. Das klang nicht richtig. Was wünschte man? Viel Glück? Ich wollte etwas sagen, da hörte ich wieder dieses seltsame Geräusch hinter mir und zuckte zusammen. „Ähm, Atsu?", fragte ich. „Ist es möglich, dass ihr mir nicht alles erzählt habt?"

Er sah mich an und wirkte von meiner Frage ehrlich überrascht. „Was meinst du damit?"

„Diese seltsamen Geräusche in diesem Zelt manchmal. Gibt es noch mehr von uns, die ich noch nicht kennengelernt habe? Ansonsten bekomme ich langsam das Gefühl, hier geistert es." Als ich es ausgesprochen hatte, merkte ich, wie lächerlich das klang. Ich fühlte mich albern. Aber auf jemanden wie Soutaine zu treffen, hatte ich vor Kurzem auch noch für unwahrscheinlich gehalten. Wieder das Geräusch, diesmal laut und deutlich. Als schlich sich jemand an uns heran.

Atsu schien das nicht weiter zu stören. Er lächelte milde und warf kurz einen Blick über seine Schulter. „Achso. Das

Zelt ist in die Jahre gekommen, das Holz ist morsch. Alles hier ist alt, sehr alt", erklärte er gelassen. Er lachte mich nicht aus, dafür war ich ihm dankbar. „Aber ich will dir auch nichts vormachen. Also sage ich es frei heraus. Es würde mich stark wundern, wenn es hier keine Seelen um uns herum gäbe." Mir mussten meine Gesichtszüge entgleist sein, denn Atsu sah mich an und lachte auf. „Aber hey! Ich hab noch keinen ruhelosen Seelen gesehen, außer dem Direktor vielleicht. Aber bitte erzähl's ihm nicht." Er grinste. Da war er wieder, der Schalk in seinen Augen.

„Nein, natürlich nicht." Dann lachte auch ich. Es tat gut, jemanden hier herzhaft lachen zu hören.

„Woher hast du die eigentlich?", fragte ich ihn und deutete auf seine Zigarre. Denn ich glaubte nicht, dass der Direktor dies duldete.

Er lächelte spitzbübisch. „Hab sie einem feinem Lord während der letzten Vorstellung abgeluchst."

Er bot mir einen Zug an, doch ich lehnte dankend ab. Daraufhin setzte er sich im Schneidersitz auf das Weinfass. „Hast du keine Angst, dass der Direktor dich erwischt?", fragte ich ihn.

Er zuckte darauf nur mit den Achseln. Dann nahm er einen tiefen Zug und blies den Rauch genüsslich aus. Er war anders als noch vor Stunden. Er wirkte so gelassen. „Ich liebe den Duft", erwiderte er und hielt die Zigarre knapp vor seinen Augen. „Er erinnert mich an mein altes Zuhause", begann er zu sinnieren.

„Oh, ich verstehe. Deine Heimat … Ghana, richtig?"

Er nickte bedächtig. „Meine Familie, also meine richtige, nannte es glaube ich nicht so. Sie nannten es immer nur das goldene Land. Ich erinnere mich, dass die Sonne und der Mond dort riesig waren, und ich lebte in einen Stamm mit vielen anderen Kindern. Aber ich erinnere mich kaum noch daran. Doch ich weiß, dass ich gern allein auf einen der größeren Hügel stand. Von ihm aus sah ich auf unser Dorf und beobachtete den Nebel, der in das Tal fiel. Das war auch das Letzte, was ich sah, bevor man mir einen Sack über den Kopf zog und mich hierherbrachte." Er schwieg für einen Moment. „Alle aus unserer Truppe haben bereits vergessen, was vor Lambs Freakshow einmal gewesen ist, woher sie kamen. Mit der Zeit vergisst man, woher man kommt. Ehrlich gesagt hört sich das gar nicht mal so schlimm an, die Erinnerungen an das Früher zu verlieren. Das macht es erträglicher." Er schloss die Augen.

Wenn das stimmte, würde ich versuchen, die Erinnerungen an meine Eltern so fest wie möglich zu halten und auch die an Klick-Luck. Für einige Zeit sagten wir nichts. Atsu hatte immer noch seine Augen geschlossen.

„Atsu?" Ich berührte ihn sanft am Arm.

Da schreckte er hoch. „Ich bin wohl kurz eingenickt." Er sah auf die Uhr und seufzte erleichtert auf, dann sah er mich verwundert an. „Es ist schon seltsam, sag ich dir", sprach er. „Ich war dort, im Dschungel, hörte den das Rascheln der Wälder und das Lachen meines Bruders. Ich konnte nicht nur hören, sondern fühlen, als wäre es zum Greifen nah, als rufe all das nach mir, als rufe Akwatee nach mir." Er schüttelte sich. „Das hier ist jetzt meine Heimat." Es wirkte, als sprach er mehr zu sich selbst als zu mir. Er blickte auf den höchsten Punkt des Zeltes, hinter dem sich der Himmel versteckte. „Selbst wenn ich eines Tages doch die Möglichkeit hätte zu fliehen … Es wartet dort bestimmt niemand mehr auf mich." Als er das sagte, wirkte er auf einmal verloren. Ich wünschte, ich hätte etwas Aufmunterndes erwidern können. Doch jedes Wort schien mir dafür unpassend, also legte ich stattdessen schweigsam meine Hand auf seine Schulter. Er stieß sie nicht weg.

EINE HALBE STUNDE VOR MITTERNACHT

ENTFLAMMT

Wir kehrten zur Bühne zurück. Und das schwermütig, denn wir beide hatten unsere Vorstellungen noch vor uns. Wann war der Abend endlich vorüber? Wir sahen, wie DeBell sich vor dem Publikum verneigte. Ihre Show war soeben zu Ende gegangen. DeBell wirkte unversehrt. Es lag überraschend wenig Obst im Sand neben ihr und auch an ihr klebte nichts. War es ihnen ausgegangen oder hatten sie sich nicht getraut? Ich tippte im Falle DeBells tatsächlich eher auf Letzteres. Der Applaus des Publikums fiel verhalten aus. Nur vereinzelte Rufe raunten aus den Reihen.

„Hexe!"

„Verbrennt sie!"

Wenn sie das wirklich gewesen wäre, hätte sie alle schon längst in Stinkmorcheln verwandelt. DeBell sah aus, als hätte sie alles unter Kontrolle. Sie lächelte professionell, als der Vorhang vor ihr fiel. Man könnte fast meinen, das Publikum wirkte verstört, und mir wurde klar, dass ich gar nicht wusste, was DeBells Showeinlage eigentlich gewesen war. Von allen wusste ich von ihr wohl am wenigsten.

Ich blieb diesmal sitzen und wartete auf Atsus Vorstellung. Und als diese begann, blieben die Stühle der anderen leer. Keiner sah nach mir, ich blieb unbewacht.

Wie die anderen Männer war Atsu ebenfalls angekettet.

Aber seine Ketten waren kürzer und somit blieb er vom Publikum weiter entfernt. Es lag auf der Hand, er sollte niemanden der Zusehenden in Brand stecken.

Zuerst jonglierte er mit brennenden Fackeln, die das Zelt erhellten und das so schnell, dass meine Augen ihnen kaum folgen konnten. Doch ich schien die Einzige zu sein, die wirklich von seinem Können beeindruckt war. Im Licht des Feuers erkannte ich, wie die Leute die Köpfe zusammensteckten und mit den Fingern auf seinen Körper zeigten. Sie taten nichts anderes, als seine braune, glatte Haut zu begaffen, die im Schein des Feuers noch mehr zur Geltung kam.

Dann griff er zu mehreren Feuerschleudern, die gefährlich aufglühten. Er schwang diese, als wären sie Teil seines Körpers, in einem Rhythmus, mit einer Leidenschaft, die mich mitriss, ob ich wollte oder nicht. Atsus Augen waren geschlossen, sein Gesicht konzentriert und entspannt zugleich, nahezu friedlich. Ich konnte mir nicht erklären, wie ich auf den Gedanken kam. Aber irgendwas sagte mir, dass er gerade eins mit seinem Bruder war.

Ganz nebenbei spuckte er Feuer wie ein Drache längst vergangener Legenden. Für einen winzigen Augenblick war ich wieder Kind. Ein Kind, das von seinem Vater heimlich in die Zirkusvorführungen mitgenommen wurde. Auch Jahre später hatte ich nie wieder jemanden so mit Feuer umgehen sehen.

Ich wünschte, ich müsste nicht in die Realität zurückkehren, doch diese war erbarmungslos und sie kam in der Gestalt von DeBell.

Sie berührte mich sanft an der Schulter und drückte sie.

„Komm“, sagte sie. „Dein Auftritt steht an. Folge mir.“

Atsu löschte das Feuer und verneigte sich. Und als Atsu seine Utensilien beiseiteräumte, da flogen schon die ersten Bananenschalen in seine Richtung, dicht gefolgt von unüberhörbaren Affenlauten, die ebenfalls ihm galten. Und er nahm es einfach hin, wie all die anderen Freaks zuvor. Als hätten sie alle schon mit ihrem Schicksal abgeschlossen.

FÜNFZEHN MINUTEN VOR MITTERNACHT

KNOCHENTEE

Ich biss die Zähne zusammen. Der Druck und die Stiche in Brust und Bauch blieben. Mein ganzer Körper wehrte sich gegen das, was jeden Moment geschehen würde. Mich erwartete eine Horrorshow, in der ich der Star sein sollte. Und nichts konnte ich dagegen tun. Alle hatten sich mit mir hinter dem Vorhang versammelt. Nur Atsu stand noch in der Manege. Seine Show war jeden Moment zu Ende und meine sollte nun beginnen.

Ich hörte, wie das Publikum zum Abschluss klatschte.

DeBell strich meine Haare aus dem Gesicht und Cala zupfte mein Kleid zurecht.

Es war mehr als Lampenfieber, es ging ums Überleben. Das spürte ich.

Die Sicht verschwamm vor meinen Augen. Ich konnte die Tränen nicht mehr zurückhalten.

Wie paralysiert stand ich da. Ob ich mich rühren konnte? Ich musste, sonst würde die Peitsche des Direktors knallen. Zwei Hände legten sich um meine Wangen und strichen meine Tränen fort. Diesmal konnte ich Cala nicht entfliehen und sie strich mir weiter über meine Wangen. So liebevoll, so zärtlich, wie nur eine Mutter es tun würde. *Du schaffst das,* sagte mir ihr gütiger Blick. *Sei mutig. Sei stark.*

Ich nickte dankbar. Anschließend drückte mir jemand einen dampfenden Becher in die Hand.

„Hier, trink das …“ Peter war vor mir aufgetaucht.

„Ist das … *der Tee*?“, fragte ich.

„Ja", sagte er stolz.

„Hast du auch auf die richtige Dosierung geachtet?", fragte DeBell streng.

„Natürlich!", gab Peter beleidigt zurück. „Wofür hältst du mich?"

Ich blickte in die dunkle, schaumige Masse.

„Was ist da eigentlich drin?", fragte ich. Selbst im Becher blubberte es noch vor sich hin.

„Die Nacht, Liebes, die Nacht", antwortete DeBell und lächelte vielsagend. Ich musterte den Tee misstrauisch.

Dann zwinkerte sie mir zu. „Ach", erklärte sie weiter. „Dies und jenes. Ein paar Gewürze und ein paar übrig gebliebene, gemahlene Knochen mit ein wenig Mark. Schmeckt nach Rinderbrühe oder Hühnerbrühe."

Ich verzog das Gesicht. „Du musst ihn trinken", drängte Peter. „Der Direktor besteht leider darauf. Er braucht dich bei deinem Auftritt lebendig."

Also gehorchte ich.

Zuerst schmeckte ich Salz auf meiner Zunge, dann entfaltete sich ein Aroma, das mich an eine kräftige Suppe, die man bei Blutarmut oder wenn man einfach krank im Bett lag, bekam. Anschließend berührte etwas Sandiges meinen Gaumen. Das war unangenehm und doch schmeckte es tatsächlich nach einer Brühe, nur in einer doppelt so kräftigen Form. Die letzten Schlucke brannten sich durch meine Kehle und ich musste husten.

„Der fährt ein. Nicht wahr? Für manche ein Verderben, für andere ein Segen", murmelte Peter grinsend. Doch ich fragte besser nicht, was er damit meinte.

Kaum hatte ich den Becher geleert, beruhigte sich mein Herzschlag. Eine Hand legte sich auf meine Schulter.

DeBell war hinter mich getreten.

Ihre Züge waren auf einmal weich und es schien, als hätte sie nun ganz ihre harte Schale abgelegt.

„Hey", sagte sie heißer. „Du überstehst das. Versprochen. Du wirst sehen, die Nacht ist bald vorüber."

Für einen Moment standen wir so da. Wartend. Vereint.

Wenigstens ein Funken Freundlichkeit an diesem trostlosen, dunklen und verdammten Ort.

Atsu kehrte von der Bühne zurück, sein Oberkörper von Gemüseresten beschmiert.

Er nickte mir aufmunternd zu, doch als er näher kam, runzelte er die Stirn. „Du siehst ja grauenvoll aus", stellte er fest.

„Was?", fragte ich erschrocken. Schon hielt Cala mir einen Spiegel vor die Nase. Atsu hatte recht. Seit ich Klick-Luck beerdigt hatte und den ganzen Vorstellungen der anderen, liefen unsäglich viele Tränen über mein Gesicht. Tintenschwarze Linien zogen sich über meine Wangen und das Make-up war komplett verlaufen. Ich sah in der Tat grauenvoll aus.

Cala kam noch mal mit dem Puder und wollte mir ein Taschentuch reichen. Ich wollte es gerade dankend annehmen, doch DeBell winkte ab. „Nein, lass sie so. Das macht sich gut!", warf sie ein. „Das Publikum liebt Tränen."

ZWEI MINUTEN VOR MITTERNACHT

DIE WAHREN MONSTER

„Ich zieh jetzt den Vorhang hoch. Mach dich bereit“, sagte Peter. Er und Adam wechselten sich also mit dem Vorhang ab. Alles, was hier in der Vorstellung war, war reine Teamarbeit unserer Gruppe. Der Direktor selbst schien keinen Finger zu rühren.

Ich versuchte mich kerzengerade aufzurichten, doch meine Schultern gehorchten mir nicht, sie fielen immer wieder in sich zusammen. Immerhin zitterte ich nicht mehr. Das musste der Tee bewirkt haben. Der Puls gab einen normalen Takt vor. Innerlich bebte ich aber vor Angst. Vor dem Publikum. Vor dem Direktor.

„Hau sie um“, hörte ich Peter hinter mir sagen. Ich drehte mich noch einmal nach ihm um.

„Bitte was?“, fragte ich.

„Dein Auftritt beginnt“, erwiderte Peter und blickte nach oben. Der Vorhang stieg auf und die Scheinwerfer blendeten mich. Langsam trat ich einen Schritt nach vorn.

Und so begann mein Auftritt.

Was ich als Erstes sah, waren der Direktor, der nicht weit von mir stand, und eine Menge Masken. Sie waren alle mir zugewandt, mit höchstem Interesse. Sie raunten aus einem Munde. Wie auf dem Präsentierteller stand ich da.

Instinktiv trat ich ein paar Schritte rückwärts. Der Direktor warf mir einen warnenden Blick zu und machte einen großen Schritt auf mich zu. Seine Peitsche war nun nahe genug, um mich damit zielsicher zu treffen.

Fassungslos blickte ich auf das Publikum.

Es fühlte sich jetzt schon schlimm genug an. Doch bestimmt wurde es nicht besser. Oh, Mutter Natur, nein, wurde es nicht. In der ersten Reihe, in der lauter Männer saßen, lehnte sich einer nach vorne und hob seine Maske hoch.

Und ich erschrak. Auch wenn es mich nicht überraschen sollte. Der Mann, der seine Maske gehoben hatte, grinste mich großspurig an.

Ich blickte in das Gesicht von Lord Robert höchstpersönlich.

Mein Herz wäre mir vermutlich aus der Brust gesprungen, wäre da nicht der Knochentee gewesen, der die Erschütterung abblockte.

Ich konnte es ihm ansehen, wie er meinen Anblick in vollen Zügen genoss wie gutes Kraut in seiner Pfeife. Er wollte mich wohl doch noch sehen, bevor ich mit dem Wanderzirkus abreiste und womöglich für immer verschwand. Er zog seine Maske wieder vors Gesicht und lehnte sich gemütlich zurück.

Ich zwang mich dazu, den Blick von ihm abzuwenden, da entdeckte ich nicht weit von Lord Robert eine andere Person. Sie stach aus der Menge regelrecht heraus, weil sie ihre Maske nicht trug, diese lag achtlos neben ihr. Zwei braune Zöpfe zierten ihr Gesicht. Es war das Mädchen, die junge Frau von gestern, die dem ungehobelten Kerl ein Bein gestellt hatte und mich so wundervoll und lieblich angelächelt hatte. Doch nun lächelte sie nicht. Ihre Hände verbargen ihr Gesicht. Sie weinte bitterlich.

Kein einziges Mal blickte sie auf und ich wurde das Gefühl nicht los, dass sie schon eine ganze Weile so dasaß.

Sie hatte nicht darum gebeten, hier zu sein, ebensowenig wie ich. Ich wünschte, ich könnte sie schnappen und aus dem Zelt des Hasses entkommen, in die Freiheit.

„Nach vorne!“, zerriss die Stimme des Direktors meine Träume. „Ab in die Manege“, befahl er. Er ließ dabei die

Peitsche in der Hand knacken. „Keine Sorge, sie fressen dich schon nicht auf“, sagte er laut.

Und ich gehorchte, ohne zu zögern. „Nun. Noch nicht“, warf er mir verächtlich hinterher und das ließ mich für einen Moment zusammenzucken. Das Publikum wieherte vor Lachen, doch sie dachten, ich wäre das Tier, welches ihnen ausgeliefert war. Ich blieb in der Mitte der Manege stehen. Und alles in mir sträubte sich, noch einen Schritt weiter auf diese Zuseher zuzumachen.

„Ja, seht es Euch an! Meine neueste Attraktion. *Die kleine Dame!* Frisch für Euch eingetroffen, wertes Publikum! Direkt aus London! Aus dieser Stadt!“ In jedem Satz schwang Stolz mit. „Eine besondere Ehre wurde mir zuteil, denn es ist lange her, dass ich so eine tolle Attraktion in die Hände bekam. Ist ja wohl nicht zu glauben, was es noch heutzutage alles gibt, nicht wahr?“, höhnte er und richtete dabei den Stab auf mich.

Auf den Tribünen und Reihen beugten sie sich zu mir herab, manche standen dabei auf. Und dann prasselten sie auf mich ein, die hässlichen Worte, die noch mehr schmerzten als ein Gemüsewurf ins Gesicht.

„Warum ist die so klein?“, zischten sie auf mich herunter.

„Zart wie eine Elfe …“

„Klein wie ein Zwerg.“

Hier war ich kein Mensch. Es fühlte sich an wie eine Taufe meiner Entmenschlichung und die Ausschüttung dieser spitzen Worte hörte einfach nicht auf.

„Hoffentlich vermehrt die sich nicht!“

„Gehört nicht in diese Welt.“

„Sie ist abnorm!“, spien sie angewidert aus.

„Sieh sie dir an, ihre Finger, Arme und Beine, so zart …“, hörte ich eine besonders raue, männliche Stimme sagen. Sie kam immer näher. „Ich würde sie ihr gern brechen …“

Ich konnte auch den Mann ausmachen, dem die Stimme gehörte. Sie gehörte zu jemandem mit einer goldbesetzten Maske. Dieser erhob sich von seinem Platz und kletterte mit ein paar anderen Männern und Frauen über den Rand der Manege. Ich konnte seine Augen sehen, die aus den Löchern der Maske hervorlugten.

Sie funkelten gefährlich.

Vor Hunger.

Er stand nun vor mir und sah auf mich herab.

Ich konnte es ihm ansehen. Er wartete nur darauf, mehr zu tun, als mich nur anzuglotzen.

Und ich sah bei ihm noch mehr. Etwas, was aus seinem Mantel hervorlugte. Etwas Glänzendes. Für Menschen wie diese mochten wir der Gruselfaktor, die Kuriositäten sein, doch in Wahrheit war es genau andersherum:

Lord Robert, der aus dem Lachen nicht mehr herauskam und dabei auf die Zuseherbank klopfte, das Publikum, das gaffte, beleidigte und das missbrauchte, der Direktor und die leeren Augen der Darstellenden.

Ich dachte an meine Vorgängerin und stieß ein stilles Gebet aus. Dann verlor ich absichtlich das Gleichgewicht und stolperte dem Mann entgegen. Der Mann streckte seine Arme aus. „Komm her, du kleine Schl–", keuchte er erregt. Ich konnte zwar die Selbstverteidigungstricks meines Vaters erlernen, aber ich wusste von Kind an, dass ich sie nie gut umsetzen konnte, also hatte ich gelernt, sie ein klein wenig umzuwandeln.

In letzter Sekunde wich ich seinen gierigen Fingern aus. Auf diesen Moment hatte ich gewartet.

Ich duckte mich nach unten und riss ihm die Waffe aus seinem Mantel. Ein Revolver. Er war schwer. Aber so sollte es auch sein. Es gab kein Zurück mehr, aber das war auch gut so. Es fühlte sich gut an. Ich spürte die Macht der Geister dieses Zeltes hinter mir, als ich die Waffe hob und sie direkt auf die Stirn von Lord Robert richtete.

SECHZIG MINUTEN VOR MITTERNACHT

FEENTOD

Die Fee stürzte hinunter. Und ich musste zusehen, wie mit ihr ein weiterer Teil meines Vaters starb. Doch ich sah nicht nur das und wie die Ideale meines Vaters unter dem Schuh des Mannes zerbrachen.

Ich sah so viel mehr in diesen Moment.

Scherben meines längst vergessenen Ichs. Bruchstücke von Erinnerungen, die verloren gegangen waren durch all die Dunkelheit, kamen jetzt hervor.

Ich sah es vor mir. Im kleinen schmalen Keller saß mein Papa in seinem braunen Arbeitsmantel und schraubte etwas zusammen. Dabei kniff er konzentriert die Augen zusammen. Und ich war wieder ein kleines Mädchen von etwa acht Jahren.

Ich schniefte, denn ich war immer noch tieftraurig, weil ich gerade heute nicht rausgehen konnte, um mit den anderen Kindern zu spielen. Immer, wenn viele Kindern draußen spielten, durfte ich nicht raus. Das Wetter war schön und ich war auch artig gewesen. Ich verstand es einfach nicht. Das sagte ich auch meinen Vater, als er mich einließ. Und sofort war ich froh, bei ihm zu sein.

„Sieh her. Daran habe ich seit Jahren gearbeitet. Nun ist das erste Modell endlich fertig.“ Er öffnete seine Hand und ich kam aus dem Staunen nicht mehr heraus. Auf seiner Handfläche lag eine Fee. Ein Wesen aus Schrauben und Zahnrädchen, der Körper war aus Stahl und Kupfer. Auf ihrem Rücken befand sich ein kleiner Aufziehschlüssel.

Eine mechanische Fee.

Die erste, die er je erschaffen hatte. „Darf ich damit rausgehen und spielen?“ Ich hoffte wenigstens ihn erweichen zu können.

Mein Papa schüttelte den Kopf. „Die Welt ist noch nicht so weit. Da draußen gibt es Menschen, die hassen, was sie nicht verstehen.“

„Aber sie ist doch so wunderschön, Papa.“

Ich durfte sie halten und die feinblättrigen Flügel berühren. Sie war so leicht in meinen Händen.

Mein Papa nahm sie mir wieder ab. „Sieh her.“ Er drehte ihren Schlüssel.

Dann ließ er sie das erste Mal fliegen.

Sie erhob sich und flog zickzack eine Runde durch den Raum, ehe sie wieder in der Hand meines Papas landete. Daraufhin stellte er sie zurück in sein Regal. Ehrfurchtsvoll blieb er vor ihr stehen und sah dann mich an. „Wer hätte je gedacht, dass dieses kleine Wesen mal fliegt? Sie hat viele Jahre Zeit gebraucht, um das zu können. Aber sieh sie dir nun einmal an. Sie funktioniert … sie fliegt. Und wie sie fliegt. So zart und doch in der Lage, sich selbst durch die Lüfte zu tragen.“ Seine Stimme klang fast traurig und er sagte das so komisch.

„Aber Papa“, versuchte ich ihn nun zu trösten. „Es ist doch nur eine Fee.“

Er lächelte mich an und fuhr mir liebevoll durchs Haar. „Sie ist nur eine mechanische Fee. Aber darauf kommt es nicht an. Eines Tages, wenn du etwas älter bist, wirst du es verstehen.“

Damals hatte ich es nicht verstanden, was mein Papa eigentlich damit gemeint hatte. Er meinte mich, nicht die Fee. Tränen liefen mir über die Wangen und tropften ins Nichts. Mir wurde in dem Moment so einiges klar, als die Fee vor meinen Augen zerbrach.

Meine Eltern, sie hatten mich eingeengt, mich eingesperrt. Mein Papa hatte mich das Schießen gelehrt, meine Mutter mich von der Öffentlichkeit ferngehalten. Ich schloss die Augen. Und … Sie hatten es geahnt. Es gewusst. Sie wussten, dass der Tag kommen würde, an dem Lord Robert mir Böses wollte. Selbst meine Mutter hatte mich geliebt, das wurde mir jetzt erst klar. Wenn auch auf eine seltsame Weise. Papa starb und dann meine Mutter. Ich hatte gelernt, bis jetzt allein zu überleben. Und ich war eine hervorragende Schützin, immer noch. Ich hatte nie damit aufgehört, nachts in den Wäldern zu üben.

Aber in all der Zeit hatte ich irgendwann vergessen … an mich zu glauben. Vergessen, wie stark ich sein konnte. Als ich nach London kam, hatte ich mich hinreißen lassen von der Angst. Ich hatte mich mitreißen und unterdrücken lassen von Lord Robert. Doch nun war die Stunde gekommen, in der ich mich wiederfand.

Lord Robert nahm mir fast alles, ebenso der Direktor. Doch eines gab es, was sie mir noch nicht genommen hatten.

Noch war ich nicht wie meine Vorgängerin verschwunden und nicht für immer verstummt wie Cala. Ich war noch hier und ich hatte eine Stimme.

Ich sammelte damals nicht nur die Teile der Fee auf, unbewusst sammelte ich auch mich auf.

Heute war der Tag, an dem ich wieder zu mir selbst fand.

Der sadistische Direktor und der stolze Lord Robert … Sie hatten sich mit der Falschen angelegt.

MITTERNACHT

GRACE

Der Lauf des Revolvers zeigte immer noch auf Lord Robert. *„Tu das nicht …“*, flüsterte jemand. Doch niemand war zu sehen. *„Tu das nicht … Tu das einfach nicht, Grace.“* Da begriff ich, dass ich es war, die in Gedanken zu mir sprach. Ich wollte das hier nicht tun. Menschen verletzen. Menschen töten. Ich war keine Mörderin. Ich war einfach nur Grace. Für meine Mutter bedeutete mein Name Gnade für mein Überleben, doch für mich hieß mein Name, die Gnade auch andere Menschen leben zu lassen.

Ich ließ die Waffe sinken. Jemand schaltete die Rampenlichter an und die Scheinwerfer leuchteten alle auf mich. So hatte ich eine klare Sicht auf jeden hier im Raum.

Dann hob ich den Revolver erneut. Lord Roberts Knie fingen an zu zittern. Ungerührt zog ich den Lauf an ihm vorbei und richtete ihn stattdessen direkt auf den Direktor.

Ich wollte ihn nur bedrohen, ihn zwingen, uns freizulassen. Ihm meinen Standpunkt klarmachen.

Alle um mich herum waren von mir gewichen.

Nur der Direktor nicht. Jetzt standen nur noch er und ich in der Manege. Schweiß tropfte mir von der Nase, als ich in sein gleichgültiges Gesicht blickte. Er wusste, ich würde das nicht tun, nicht abdrücken. Er wusste, die Idee war zum Scheitern verurteilt. Ich fühlte mich durchschaut. Mein Plan würde nicht aufgehen.

Und das war der Moment, an dem sich meine Waffe furchtbar leicht anfühlte. Ich würde mein Bestes geben, mich zu befreien, Klick-Luck zu holen und zu hoffen, dass er wieder aufwachte.

Der Direktor schmunzelte im Schatten der Manege. „Das wagst du ni–"

Ich richtete die Waffe in die Luft und schoss. Um zu warnen, um ein Zeichen zu setzen.

Statt einer Kugel lösten sich zwei. Sie surrten in die Höhe. Dann prallten sie an der harten Zeltwand ab, als wären sie Gummibälle und schlugen quer in den Körper des Direktors ein. Mein Herz setzte aus.

Die eine Kugel ging direkt durch seine Brust. Die andere durchschlug die Haut unter seinem rechten Auge.

Mir wurde kalt.

Dann kippte er schwerfällig ins Rampenlicht. Etwas an der Szenerie stimmte nicht, dies bemerkte ich trotz meines Schocks. Etwas stimmte ganz und gar nicht und die grellen Scheinwerferlichter offenbarten die Wahrheit.

Der Oberkörper des Direktors war nach vorne gekippt, doch er stand mit beiden Füßen immer noch fest auf dem Boden.

Seine Hände umklammerten seinen Stab und seine Peitsche. Es wirkte grotesk und so, als hätte jemand die Triebwerke der Schwerkraft ausgesetzt. Da schlug die Turmuhr Mitternacht. Ihr Gong holte mich auf den Boden der Tatsachen zurück. Bei näherer Betrachtung sah es so aus, als hinge er an hauchdünnen Fäden.

Vorsichtig trat ich näher. „Direktor?", flüsterte ich. Ich trat für einen Moment noch näher, doch dann wich ich mit einem Satz zurück und keuchte entsetzt auf. Denn es fiel mir wie Schuppen von den Augen. Und doch wollte ich es nicht glauben. Seine lederne Haut, sein säuerlicher Atem, die immerwährende Kälte, die ihm gefolgt war, wo immer er auch gegangen war, und diese starrenden Augen. Sein gesamtes, ungesund wirkendes Wesen … Zum ersten Mal sah ich sein Gesicht im Licht.

Es war ergraut, beinahe grünlich. Ich sah es nun klar vor mir.

Der Direktor hatte bereits unsere Welt verlassen und das schon vor langer Zeit.

KURZ NACH MITTERNACHT

MARIONETTENTHEATER

Alle sahen es. Der Direktor hing an verborgenen Fäden in der Luft, in einer unnatürlichen Bewegung erstarrt.

Totenstille legte sich über den Saal, so als stünde nun die Zeit tatsächlich still. Doch eine trotzte dem.

DeBell. Sie war an meiner Seite aufgetaucht. Sie achtete nicht auf mich, sondern schaute auf den Toten und verdrehte dabei die Augen. „Na toll!", rief sie. Und ich erstarrte nun wie das Publikum, unfähig, mich zu bewegen. Denn DeBell hatte nicht mit ihrer Stimme gesprochen, sondern mit der des Direktors. Sie gab ihm seine Stimme. So erfuhr ich nun auch, was ihre Showeinlage gewesen sein musste. Das Imitieren von Stimmen. DeBell, sie war eine Bauchrednerin! *Die mit gespaltener Zunge spricht. Man sagt, sie trägt den Teufel auf der Zunge. Er könnte Euch in die Irre führen.*

Sie hatte durch ihn gesprochen. Die ganze Zeit über. Aber wie war das alles möglich … Und ich dachte zurück. Sie war stets in seiner Reichweite gewesen, wenn er gesprochen hatte.

DeBell seufzte laut auf und schnippte auf einmal mit den Fingern, worauf der Körper des Direktors gänzlich erschlaffte. Er fiel in sich zusammen, doch er ging nicht zu Boden.

Die fast durchsichtigen, aber starken Fäden, die seinen Körper zuvor gelenkt hatten, hielten ihn fest. Er hing an ihnen wie eine Marionette. Nein, er war eine Marionette! Mit dem freien Auge waren sie nur schwer zu erkennen. Ja, er war tot, eindeutig, doch er hatte doch auch sein Gesicht und den Mund bewegt, oder? Er lächelte, er schmunzelte … Oder war all dies bloß Einbildung gewesen, weil ich angenommen hatte, er würde das tun? Vielleicht sah ich aber nur das, was ich sehen wollte. Und das war nichts als Illusion, ein Hirngespinst. Und mir wurde klar, sie hatten dasselbe mit ihm gemacht wie er mit meiner Vorgängerin. Nach seinem Tod hatten sie ihn präpariert und so für die Ewigkeit erhalten.

DeBell blickte über den geknickten Kopf des Direktors hinweg nach oben. Etwas rumpelte dort und auf einmal sprang jemand von der Decke des Zeltes zu uns herunter.

Atsu landete geschmeidig auf dem Boden und in den Händen hielt er die Griffe, mit denen er den toten Direktor gesteuert hatte. Es ergab Sinn, warum sie ihn stets im Dunkeln gehalten hatten oder warum er nicht in allen Räumen aufgetaucht war. Auf einmal betraten die anderen Freaks die Manege. Cala mit Adam und Peter im Schlepptau. Sie trugen keine Fesseln mehr.

Ihre Gesichter waren zuvor leer gewesen, doch nun strahlten sie vor Lebenslust. Und nicht sie waren hier die Marionetten, nein, sie waren die Puppenspieler!

Das hier war eine Falle. Und das begriffen nun immer mehr Leute im Publikum. Ich war nicht mehr Zentrum des Geschehens, keiner achtete mehr auf mich, die die Waffe umklammert hielt, sondern alle Augenpaare waren nun auf die Gruppe gerichtet.

Dann brach die Panik aus und Bänke fielen krachend zu Boden.

„Du!“, fuhr DeBell Peter an und wechselte wieder zu ihrer eigenen Stimme. Sie alle ignorierten die fliehenden Zuseher. Sie deutete auf den Revolver in meinen Händen. „Was hab ich dir gesagt? Du sollst darauf achten, dass alle Leute ihrer Waffen entledigt werden! Du hattest eine einzige Aufgabe und die hast du mächtig verschissen!“ Kopf an Kopf stand sie mit Peter da, dann grinsten sie. „Aber du hast es aus einem bestimmten Grund darauf angelegt, nicht wahr? Weil du es ganz tief in dir gespürt hast."

Gespürt, was? Ich verstand gar nichts mehr.

„Du Narr, du!" DeBell schlug ihn spielerisch auf die Schulter.

„Selber Närrin", erwiderte er, dann zog er sie an sich. Zwei spitze Zähne traten hervor, als er sie leidenschaftlich küsste.

Oh nein …

ZEHN MINUTEN NACH MITTERNACHT

DIE STUNDE DER HEXE

Peter löste sich von DeBell, dann verspannte sich sein Körper. Seine Nase wurde lang und über seine übrige nackte Haut spross Fell. Diesmal gab es keine Fußfessel oder einen Adam, der ihn zurückhielt.

Er legte sich auf allen vieren auf die Lauer und stürzte in die durcheinanderlaufende Menge.

Sogleich riss er einem Mann zu Boden. Es war der Mann, der seine Fee zertreten hatte. Mit einem Biss riss er ihm die Kehle auf. DeBell gesellte sich neben Peter und tätschelte seinen pelzigen Nacken, während er fraß.

Gurgelgeräusche vermischten sich mit den entsetzten Schreien der anderen. Die Leute, die uns noch vor Stunden ausgelacht hatten, waren nun diejenigen, die in diesem Zelt mit den Freaks gefangen waren.

Sie waren alle in Richtung Vorzelt gelaufen, doch dieses gab es nicht mehr. Der Ausgang blieb ihnen somit verwehrt. Die Gäste schrien und hämmerten gegen die harten Zeltwände und kratzten sich dabei die Finger blutig.

Dann fiel mir Cala auf, die sich auf die Mitte der Manege zubewegte. Sie schloss ihre Augen und hob die Hände in die Luft, dabei spreizte sie die Finger. Anschließend bewegte sie ihre Lippen. Ein sprachloser Befehl.

Der Nebel, der uns bis jetzt umgeben hatte, wurde lebendig und er erhörte ihren stummen Befehl. Der Nebel sammelte sich zu einer einzigen Masse und brauste los. Er flog über Calas und meinen Kopf hinweg und raste direkt auf eine Handvoll Menschen zu. Als er durch sie hindurchfuhr, verschwanden sie in ihm, sang- und klanglos. Er hatte sie verschluckt!

Cala bewegte erneut ihre Lippen und schwang ihre Hände in die Luft. In die Richtung, in die sie schwang, richtete sich auch der Nebel und holte sich zwei weitere Gäste, die sich in Nichts auflösten. Cala hatte das Publikum und mich getäuscht. Nicht DeBell, die Rothaarige, war eine Hexe, sondern sie. Denn sie beherrschte den Nebel mit ihren Händen und sie befehligte ihn, lenkte ihn.

Die gesättigten Nebelschwaden machten kehrt und teilten sich in zwei Streifen. Sie kehrten zurück in den Käfer an DeBells Bauchnabel und an Calas Käfer, der um ihren Hals hing.

Es geschah alles so schnell, doch ich meinte, erkannt zu haben, wie sich die zarten Beinchen der Käfer bewegt hatten.

Was zum Teufel geschah hier? Unmöglich, ich musste träumen, das hier konnte doch nicht wirklich geschehen!

Aber die Angst in den Augen der Menschen war greifbar und real. Viele rissen sich an den Haaren, schrien aus tiefster Kehle nach Hilfe. Ich konnte nicht sagen, warum, aber ich ahnte, dass uns niemand hören würde.

Mitten im Tumult suchte ich die Zuseherreihen ab. Alle hatten mittlerweile ihre Plätze verlassen. Bis auf ein paar Frauen, die eingesunken auf ihren Bänken saßen. Unter ihnen erkannte ich auch das Mädchen mit den fuchsbraunen Zöpfen. Ihre Augen waren geschlossen und sie bewegte sich nicht.

Ich wusste nicht, ob sie tot oder in Ohnmacht gefallen war.

FÜNFZEHN MINUTEN NACH MITTERNACHT

IM SPIEGELLABYRINTH

Im Augenwinkel sah ich Atsu, der sich am vordersten Rand der Bühne positionierte. Er hielt eine brennende Fackel in der Hand und beugte sein Rückgrat durch. Dann ließ er das Feuer in seinen offenen Mund hineingleiten, bis das Licht in ihm ganz verschwand. Anschließend richtete er sich wieder auf und erbrach eine riesige Menge Dunkelheit. Sie löschte fast jedes Licht im Saal aus und es wurde finster.

Gütigerweise blieben ein paar kleine Lichter der Glühbirnen verschont, doch sie fingen an zu flimmern und zu flackern. Und so musste ich mit ansehen, wie der Nebel vor meinen Augen durch das Flimmern aufblitzte und immer näherkam. Ich stand wie angewurzelt da, in der Manege, wie auf dem Präsentierteller. So schnell wie möglich nahm ich meine Beine in die Hand und lief los. Ich schloss mich einer Menschentraube an, die durch den Spiegeldurchgang lief.

Dabei stolperte ich über Masken, die bereits auf dem Boden verstreut lagen. Anonymität spielte keine Rolle mehr. Der Gang wurde immer enger, weil immer mehr Menschen sich in den Flur drängten. Vielleicht lag es an der Panik, vielleicht auch an der Masse, dass mir der Gang nun doppelt so lang vorkam. Er schien gar kein Ende zu finden und auch die Spiegel an den Wänden wurden, je weiter man lief, immer mehr und mehr. Und auch sonst konnte ich keine Räume erkennen. Sie waren einfach nicht mehr da.

Der Flur führte uns einmal nach links, einmal nach rechts. Dann führte er in eine Sackgasse und wir machten kehrt und auf einmal wies der Weg nach links. Plötzlich standen wir wieder im Showsaal. Das hier war ein reines Spiegellabyrinth, aus dem es kein Entkommen gab. Es musste eine Illusion sein, ein Zauber. Oder waren wir es, die einfach verzaubert wurden und nicht klar denken und sehen konnten? Ich hielt mir den Kopf. Ich musste halluzinieren. Das konnte doch nicht sein.

Ich wich an den Rand aus, um nicht von den panischen Gästen erdrückt zu werden. Manche stürzten und andere liefen einfach über sie hinweg. Auch ihnen wurde klar, dass es hier wohl keinen rettenden Ausgang gab.

Auf einmal erblickten wir in der Ferne einen Raum. Er war komplett dunkel und es strömte kühle Luft aus ihm heraus. „Das könnte vielleicht ein Ausgang sein!“, riefen sie einander zu. Und kopflos stürzen sie auf den Raum zu und schon liefen die Ersten in ihn hinein.

Nur ich stellte mich in eine Ecke und blieb dort. Denn ich glaubte, erkannt zu haben, welcher Raum das war.

Schon bald drangen spitze Schreie heraus, doch erstarben so schnell, wie sie gekommen waren, und trotzdem strömten immer mehr Leute hinein. Und kamen nicht mehr heraus. Soutaine ließ sie nicht mehr gehen. Ich musste dabei an ihren Mund denken und an Atsus Worte. Wenn ich sie bisher nicht geglaubt hatte, dann jetzt.

Also schloss ich die Augen und wartete. Und wartete. Auf das Ende der Welt, das Ende der Gezeiten. Auf eine Erschütterung. Bestimmt hatte sie den Käfig schon geöffnet.

Eine gefühlte Ewigkeit verging und immer mehr Leute verirrten sich in Soutaines Zimmer. Erneut ertönten gellende Schreie. Aber es passierte nichts weiter. Die Erde ging nicht in einem Flammenmeer oder was auch immer unter. Soutaine schien keine Anstalten zu machen, ihr Zimmer zu verlassen. Und ich hatte auch nicht vor nachzusehen.

Ich machte auf dem Absatz kehrt und flüchtete mit ein paar anderen wieder in Richtung Manege. Ich lief und lief. Doch leider nicht schnell genug. Einige überholten mich und ich wurde gegen die Wand geschubst. Ich stützte mich gerade noch mit den Händen ab. Dabei blickte ich in einen der Spiegel. Darin erkannte ich das Gesicht einer Frau, es war dürr und ausgezerrt. Ihre Augen traten aus den Höhlen hervor. „Hilf mir!", kreischte sie.

Ich fuhr herum, doch hinter mir stand keine Frau, niemand, der ihr ähnlich sah. „Hilf mir!", schrie sie immer wieder und begann gegen den Spiegel zu hämmern, er bekam leichte Risse, doch er brach nicht.

Das musste ein Traum sein. Das musste ein Traum sein …

„Hilf uns, so hilf uns doch!", kam es nun von allen Seiten aus den Spiegeln. Ihre Gesichter waren ebenfalls ausgezehrt. Und sie alle trugen Kleider und Hüte aus längst vergangenen Tagen.

Waren das etwa die Seelen jener Gäste, die diesen Ort nie lebendig verlassen hatten? Irgendwie wusste ich es.

Ich riss mich vom Anblick der Erscheinungen los und hielt mir die Ohren zu. *Alles nicht echt, alles nicht echt,* redete ich mir zu. Das ist nichts als eine Illusion! Jetzt schrien auch die Gäste hinter mir auf, auch sie hatten wohl gerade die Erscheinungen in den Spiegeln entdeckt.

Ich lief blindlings weiter. Dann, endlich, ein Ende des Flurs tauchte vor meinen Augen auf.

EINE HALBE STUNDE NACH MITTERNACHT

WAS DER NEBEL NAHM

Und ich befand mich wieder im Showsaal. Ich wich der fliehenden Menschentraube hinter mir aus, die aus dem Spiegellabyrinth angerannt kam, und blickte mich hektisch um. Das Publikum war deutlich weniger geworden. Viele waren wohl nicht mehr übrig. Einige liefen wie aufgescheuchte Rehe im Kreis, andere standen apathisch herum und warteten auf ihr Ende.

Ich stellte mich auf die Seite, um einen Augenblick zu verschnaufen. Und atmete ein. Es roch nach Knochentee, die ganze Luft war davon erfüllt. Ich atmete noch einmal. Ich atmete noch tiefer ein. Nein, es roch nicht nach Knochentee, sondern nach frischen Himbeeren, nein, nach Kartoffelbrei, nein, jetzt roch ich wieder nur Knochentee. Meine Sinne spielten mir eindeutig Streiche oder was für ein Zauber war das?

Ich drehte mich um und wusste die Antwort. Der Nebel kam gefährlich näher, er hatte mich entdeckt und er war es, der so roch. Ich wollte davonlaufen, doch ich prallte hart gegen eine Mauer.

Und zwei rohe Hände zerrten an meinem Revolver. Ich sah in Lord Roberts kirschrotes Gesicht. Auf einmal ließ er mich los. Etwas fegte ihn mit Leichtigkeit gegen das Zelt. Ich rappelte mich auf.

Es war Atsu, er hatte Lord Robert sprichwörtlich an die Wand geklatscht. Dabei fiel ihm seine Maske klappernd zu Boden. „Du fasst sie nie wieder an!“, knurrte Atsu. Er bleckte seine Zähne, Vorderzähne, die spitz und blutig waren.

Lord Robert ließ den Revolver fallen und warf sich Atsu vor die Füße. Sein Blick wanderte zum Nebel und dann wieder zu ihm. Was würde ihn wohl jetzt gleich töten? „Gnade. Gnade, habt doch Gnade!“, winselte der Politiker. Er ergriff Atsus nackten Fuß. „Bitte, habt Mitleid, habt Gnade!“

„Steh auf, du …“, sagte Atsu verächtlich. Er packte ihn am Kragen und stellte ihn auf die Füße, als wäre er leicht wie eine Feder. „Weißt du, wer um Gnade gefleht hat? Deine Nichte!“, schrie Atsu ihn an. Mir fiel die Kinnlade hinunter.

Da wurde das Gesicht von Lord Robert noch roter. Er zeigte mit dem Finger auf mich. „Dieses Miststück! Sie wollte es, sie wollte hierherkommen, um gutes Geld zu verdienen! Und ihr Glück …“

Atsu packte ihn am Schlafittchen und presste ihn abermals gegen die Zeltwand.

„Ich war das nicht! Ich schwör's, ich war's nicht! Sie … sie wollte es so! Sie wollte hierherkommen und ihr Glück …“

„Schweig still! Ich war dabei.“ Dann holte Atsu seine eigene Maske hervor.

Lord Robert starrte ihn an. Schock lag in seinen Augen, während Atsus Augen gefährlich glühten.

„Ja, ganz genau, du verdammter Scheißkerl! Ich war dabei, als du sie wie ein Stück Vieh verkauft hast! Sie hat dich angefleht! Auf Knien! Auf Knien hat sie dich angefleht, es nicht zu tun!“

Der Nebel kam schleichend. Er schlängelte sich sachte wie eine Schlange seine Beine hinauf und begann sich dann über seinen ganzen Körper auszubreiten. Unsere Blicke trafen sich für einen Augenblick, dann riss Lord Robert die Augen auf und griff sich an die Brust. Sein Gesicht verformte sich auf eine unnatürliche Weise und seine Nase und Augen saßen nicht mehr da, wo sie sein sollten. Ein Auge rutschte ihm über die Stirn und die Nase weit runter zu seinem Mund. Dann verschwand er ganz in der Suppe des Nebels.

Anschließend baute sich der Nebel auch vor mir auf. Doch er stockte für einen Moment und zischte dann an mir wie ein Blitz vorbei. Er hatte mich verschont …

„Geht es dir gut?“, fragte mich Atsu. Er hob die Waffe auf und hielt sie mir hin.

Ich griff sie mir und wich vor ihm zurück.

„Ich bin's, Atsu. Komm, ich bring dich zu DeBell, bei uns bist du sicherer.“

Ich machte einen großen Schritt rückwärts.

Er wirkte verletzt. „Bitte, komm mit. Wir erklären dir alles.“ Atsu streckte vorsichtig seine Hand aus. „Bitte, vertrau mir.“

Er war eigentlich tot, wie sie alle hier und dennoch am Leben. Ich konnte meine Gedanken nicht mehr ordnen

Entsetzt schlug ich seine Hand beiseite und rannte los.

FÜNFUNDVIERZIG MINUTEN NACH MITTERNACHT

ADAMS APFEL

So warte doch! Grace!“, hörte ich Atsu dicht hinter mir. Ich mischte mich unter die fliehende Zusehermenge. Fremde Ellbogen stießen mich hin und her. Atsu und ich verloren uns aus den Augen. Für Erleichterung blieb mir keine Zeit. Nebelschwaden griffen um sich. Wir alle liefen im Kreis. Unsicher wohin wir sonst sollten.

Die noch lebenden Gäste wussten wohl schon, welch weitere Grauen sie im Spiegelflur erwartete. Der Showsaal war mit ziemlicher Sicherheit der bessere Ort dem eigenen Ende entgegenzusehen.

Ein unmenschliches Brüllen zerschnitt die stickige Luft. Es kam aus tiefster Kehle und es klang nach … Hunger.

Die Gäste, die vor mir liefen, drehten sich plötzlich um und liefen in die entgegengesetzte Richtung. Daraufhin stürzte ich über eine besonders große Zuseherbank, zusammen mit einer anderen Frau. Ihre Perlenkette klimperte, als sie neben mir auf dem Boden landete.

Adam hatte uns im Visier. Das war nicht mehr der schüchterne und sanfte Adam, den ich kannte. Sein nun noch gewaltigerer Körper überragte mich bei Weitem. Er musste mehrere Meter gewachsen sein, denn sein Kopf stieß fast an das Ende des Zeltes.

Mit schnellen Schritten war er bei uns.

Meine Knie schmerzten, als ich mich aufrappelte. Die Frau, die mit mir über die Bank gestolpert war, umklammerte mit beiden Händen meinen rechten Fuß.

Sie wollte nicht, dass ich floh. Weil sie es selbst nicht konnte. Sie wollte, dass er…

Ich wollte mich von ihr losreißen, doch es war ohnehin zu spät dafür.

Die Frau schrie, ihre Augen waren auf Adam gerichtet.

Aber sein Augenmerk galt allein mir. Adam beugte sich zu mir herunter. In seinen Augen flackerten Wildheit und Appetit.

Mein Körper reagierte nicht mehr auf meinen Befehl zu fliehen. Eigentlich wollte ich nicht sterben. Aber das war auf einmal in Ordnung … Ich hatte keine Angst wie die Frau oder vor dem, was nun folgen würde. Alles war in bester Ordnung. Doch als er mit seinem Mund an mich herankam, schloss ich entspannt die Augen.

Gigantische Lippen berührten meine Wange und endeten in einem hauchzarten Kuss. Dann zog er sich von mir zurück. Verdattert öffnete ich meine Augen. Dann wandte sich Adam ab und sogleich der Frau zu, die gestürzt war. Adams Augen wurden nun kalt wie Eis. „Wieso tötest du sie nicht zuerst?", kreischte diese ihn an.

„Sie schmeckt nicht nach Hass." Die Frau versuchte wegzulaufen, doch sie war zu langsam. Ihr Schmuck klatschte immer wieder schwerfällig auf ihre Brust. Er war zu schwer, doch sie dachte offenbar keine Minute daran ihn abzulegen.

Adam leckte sich die Lippen. Mühelos riss er sie von den Füßen. Sie zappelte wie ein Wurm, als er sie über seinen Mund hob. Dieser klappte unnatürlich weit auf. Ich konnte in den tiefen Abgrund seines Schlundes blicken. Seine Zunge streckte sich erwartungsvoll nach draußen.

Auch sein Opfer starrte wie gebannt in sein Innerstes, als erblickte sie darin ein neues Universum. Sie wehrte sich nicht mehr. Und dann ließ er sie los. Ich wandte mich gerade noch rechtzeitig ab. Es lag auf der Hand, was nun passierte.

Ich dankte Mutter Natur, dass die Schreie des restlichen Publikums etwaige Geräusche übertönten. Und ich begann langsam zu begreifen was hier um mich herum passierte.

Jeder einzelne Zuseher wurde auf eine grausame Art und Weise von der Truppe einverleibt. Der Nebel ernährte die Frauen und die Männer nahmen Blut und Leib zu sich.

Als ich meine Hände wegnahm, sah ich noch, wie Adam herzhaft schluckte. Sein Adamsapfel hüpfte auf und ab. Ich musste auf seinen Bauch starren, denn er war flach wie eh und je, obwohl dieser schon mehrere menschliche Körper in sich tragen musste. Was war mit ihnen geschehen? Der Nebel kroch hervor und holte sich die Kleidungsstücke, die auf dem Boden vor uns lagen. Unterwäsche, Anzüge, Fracks, Schuhe, Socken und Masken. Vor Adams Füßen lag die Perlenkette der Frau. Auch über die glitt der Nebel. Er war unersättlich und ließ nichts zurück.

Auf einmal war ich mit Adam nicht mehr allein. Ich war eingekreist. DeBell, Peter, Atsu und Cala standen nun vor mir.

Sie ignorierten die verbliebenen Gäste, die immer noch wild umherliefen. Ihre ganze Aufmerksamkeit galt nun mir.

EINE STUNDE NACH MITTERNACHT

DER ALTE WEG

Chapeau, meine Liebe!“, rief Peter feierlich aus. Er hatte sich wieder zurückverwandelt, doch seine Lippen waren blutrot wie die von Atsu.

„Das war … unverhofft“, stimmte Atsu zu.

Ich sah ihnen an, dass allen zum Feiern zumute war.

„Fühlt ihr das auch?“, fragte DeBell in die Runde.

Die Truppe hielt für einen Moment inne. Dann nickten sie einander zu. Ich starrte sie alle an. Verstand nicht.

Hinter mir hörte ich wieder dieses verdächtige Knistern und ich fuhr herum. Doch da war niemand. Die Nebelschwaden waren nicht in meiner Nähe. Was zum …

DeBell zwinkerte mir zu. „Entspann dich, wenn du kannst. Du bist in Sicherheit.“

Kritisch beäugte ich ihren Käfer auf ihrem Nabel, doch er stand still.

„Ähm, ich weiß nicht so recht“, gestand ich ihr, doch DeBell überhörte dies und begann den toten Direktor langsam zu umkreisen, als sie zu erzählen begann. „Ich bedaure, dass wir dir nicht alles erklären können. Denn uns bleibt nicht mehr viel Zeit.“ Sie und die anderen lächelten sich vielsagend an. Dann riss sie dem Direktor den Stab aus den Händen und deutete auf ihn.

„Darf ich vorstellen, Ryan Lamb“, verkündete sie. „Es gab nur einen einzigen Direktor unserer Freakshow und nur einen Direktor Ryan Lamb. Es gab nie einen anderen.“

Das hieß also … DeBell nickte, als hätte sie meine Gedanken erraten. „Die Fotos, die du in den ehemaligen Räumlichkeiten des Direktors gesehen hast: Darauf sind wir alle zu sehen. Das war vor über hundert Jahren, als wir alle noch am Leben waren. Wir bewahrten die Fotos und Artikel auf, als Erinnerung an unsere Liebsten." Meine Gedanken rasten.

Ich konnte es nicht fassen, das hieß also sie alle … waren mindestens so alt wie das Zirkuszelt selbst!

„Aber wie …", stammelte ich. Wie konnte das sein? Das war unmöglich! Der Instinkt zu flüchten, kam wieder in mir hoch und ich begann mich abzuwenden, da hob DeBell beschwichtigend die Hand. „Gib mir die Möglichkeit es zu erklären.", sagte sie ruhig. Dann begann sie zu erzählen. „Zu seinen Lebzeiten war Ryan Lamb, wie du dir ausmalen kannst, ein gewalttätiger und grausamer Direktor und Mann. Und wir waren seine Leibeigenen. Er und seine Zuseher folterten uns, missbrauchten uns, fast jeden Tag und jede Nacht. Unsere Hilfeschreie waren laut genug, um den Himmel zu erreichen, doch keiner wollte sie erhören. Zu seinen Lebzeiten waren Freakshows per Gesetz erlaubt. Wir durften gequält und eingesperrt werden, wir hatten keine Rechte. Anfangs verdiente er sich mit uns ein paar goldene Zähne, doch er verschuldete sich immer mehr. Und eines Tages schwängerte er deine Vorgängerin. Bald darauf, wie du weißt, starb sie im Kindbett."

Ich musste an ihr Portrait denken und wie unglücklich sie darauf wirkte. „Aber Lamb, er wollte weiterhin Profit aus ihr schlagen, indem er sie präparieren ließ. Er stellte ihren Leichnam zur Schau, um sich über Wasser zu halten. Seine Ideen wurden immer grausamer und bald darauf hatten auch wir genug! Genug von der täglichen Folter und vor allem von der Knechtschaft!" DeBell schrie fast, als die Sätze aus ihr heraussprudelten. Aber sie fasste sich wieder und fuhr nun ruhiger fort.

„Eines Nachts, da planten wir unseren Ausbruch. Die Männer waren alle festgekettet und in ihren Käfigen eingesperrt. Wir Frauen allerdings nicht. Also versuchten Cala und ich, die Männer zu befreien. Doch der Direktor erwischte uns noch bevor wir den ersten Mann befreien konnten. Er prügelte uns fast zu Tode und dann drehte er vollkommen durch. Zur Bestrafung zündete er Akwatees Käfig an. Akwatee verbrannte bei lebendigem Leibe. Doch das Feuer war außer Kontrolle und ging auf die anderen Attraktionen über und zerrte so vier weitere Unschuldige in den flammenden Tod. Ryan Lamb hatte ein Feuer entfacht, das er nicht mehr zu löschen imstande war.

Er war dem Wahnsinn verfallen. Und die Flammen breiteten sich weiter aus.

Cala und ich versuchten, die noch lebenden Männer aus ihren Käfigen zu befreien, doch der Direktor hinderte uns daran. Es kam zum Kampf.

Cala stieß verzweifelt einen Fluch aus, ahnend, dass wir sonst alle tatenlos sterben würden. Der Direktor wusste nicht, dass ihre Worte Kraft besaßen. Aber sie auch nicht. Ihre Kräfte erwachten in ihrer größten Not, als sie wusste, dass wir des Todes waren.

Cala wurde von einem heidnischen Stamm großgezogen, ehe sie von Menschenzoo an Menschenzoo weitergereicht wurde, doch sie vergaß ihre Wurzeln und das Gelernte nie. Cala kannte Sprüche, die sie ‚den alten Weg' nannte. Der Fluch, den sie aussprach, ließ die Erde unter unseren Füßen beben. Der Direktor bekam es mit der Angst zu tun und schnitt ihr die Zunge heraus, doch es war zu spät. Der Fluch war bereits ausgesprochen. Direktor Lamb schaffte es zwar, aus dem Zelt zu fliehen, doch ich ließ ihn nicht entkommen. Ich holte ihn ein und es kam zum letzten Kampf. Mit letzter

Kraft schaffte ich es zwar, ihn mit seiner eigenen Peitsche zu erdrosseln, aber auch ich starb an den Folgen der Verletzungen, die der Direktor mir zugefügt hatte. Doch Cala, Peter, Adam und Atsu, die letzten Überlebenden, kamen letztendlich im Feuer um … Aber es war nicht unser Ende. Sondern seins!“

Sie blickte verächtlich auf den toten Direktor. „Der Fluch holte uns und das Zelt zurück. Doch wie wir war auch das Zelt nicht mehr das alte. Es war nun eine Falle für Menschen, gemacht, um zu töten. Ein Menschenmagnet. Calas Fluch holte uns zwar zurück, doch er machte uns auch zu dem, was wir heute sind. Wir sind an das Zelt gebunden und können es nicht verlassen. Und so machten wir es uns zur Aufgabe, uns jene Seelen einzuverleiben, die Freakshows besuchen. Wir folgen unserem Trieb nun schon seit vielen Jahrzenten. Reisen von Ort zu Ort und geben eine Show nach der anderen. Ich verlieh dem Direktor seine Stimme und Atsu sowie Peter steuerten ihn abwechselnd. Wir sind getrieben von dem Hunger nach ihren Seelen und dem Hass, den sie in sich tragen.“

Nun wurde ihr Gesicht wieder weich.

„Es tut uns wirklich sehr leid, dass du Teil des Ganzen werden musstest. Das war von uns eigentlich nicht so geplant. Aber als dich dein Onkel anbot, mussten wir zusagen. Wir wären sonst aufgeflogen, denn eine echte Freakshow lehnt keine Angebote ab.“ Sie begann den Direktor langsam zu umrunden, ehe sie fortfuhr. „Du hast ihn nie kennengelernt. Das ist nur seine Hülle. Der echte Lamb war grausamer als der, den wir dir vorgestellt haben.“ Irgendwie glaubte ich das sofort.

Ich betrachtete den Direktor, der immer noch in den Fäden hing. Und ich fragte mich, ob jemand wie er, der Zeit seines Lebens so böse gewesen war, wirklich je gelebt hatte.

Doch der Fluch ließ niemanden gehen, der einst durch ihn den Tod fand. Seine Seele, der Geist Direktor Lambs ist noch unter uns, in diesem Zelt und ist ruhelos … Bis heute. Er ist hier, jetzt in diesem Moment", ließ DeBell mich wissen.

Ich hatte mir das also nicht eingebildet. Die Geräusche, die schlurfenden Schritte, sie gehörten der unruhigen Seele eines toten Mannes. Atsu hatte mich gar nicht wirklich angelogen, als er sagte, dass das Zelt alt und voller Geister sei.

„Wir töten stets alle und lassen nichts zurück. Und wir tun es gewissenhaft. Wir holen sie uns immer gegen Ende der Vorstellung, denn da hat ihr Hass den Höhepunkt erreicht und sie sind am nahrhaftesten für uns. Wir tun es langsam und schleichend. Einer nach dem anderen. Mit dem Nebel beginnt es, er holt sich die Ersten leise. Sie sollen es erst dann merken, wenn es schon fast um sie geschehen ist." DeBell gluckste. „Aber du hast uns mit deiner kleinen Vorstellung mit der Waffe einen Strich durch die Rechnung gemacht und wir waren gezwungen zu improvisieren."

Sie deutete auf das Chaos im Saal. Auf die verbliebenen Gäste, die bereits mehr vor dem Nebel davonkrochen als liefen.

Ihnen ging langsam die Kraft aus. Einige von ihnen lagen bereits am Boden, bewusstlos vor Erschöpfung.

„Und eigentlich wollten wir dich nach deiner Vorstellung gehen lassen und dass du von alledem nichts mitbekommst. Aber am Ende wurden doch Fehler gemacht." Sie warf Peter einen liebevollen Blick zu, den dieser erwiderte. „Aber gut, dass sie gemacht wurden." Die anderen nickten. „Vieles war uns anfangs nicht klar. Doch seit du hier warst, hatten wir es gespürt, die Veränderungen. Wir alle wurden nachlässig in unserem Tun, wir hätten die Zeichen sehen sollen, auf Atsu hören sollen, der uns das mit Soutaines Verhalten erzählte."

„Ich konnte es anfangs auch nicht so richtig glauben, aber ja, Soutaine wusste es wirklich und sie hatte es zuerst gewusst“, erklärte Atsu euphorisch.

„Sie musste es gespürt haben, als du sie das erste Mal berührt hast. Denn sie ließ dich ziehen, sie tötete dich nicht. Und wir hielten das noch für pures Glück. Doch bei deiner zweiten Begegnung mit ihr hätte sie ebenfalls die Möglichkeit gehabt, dich umzubringen, doch auch da tat sie dir nichts, ganz im Gegenteil. Als du mit Peters Fee zu ihr kamst, um sie um Hilfe zu bitten, hatte sie übers ganze Gesicht gestrahlt und dann half sie dir sogar. Und anschließend hatte sie sich zufrieden in ihren Käfig zurückgezogen. Sie wollte den Dingen ihren Lauf lassen, denn sie wusste die Erlösung von uns allen war zum Greifen nahe. Sie hatte keine Lust mehr, andere Leute zu quälen, und keine Lust, befreit zu werden, um die Welt zu vernichten. Ja, sie hatte es vor uns allen gewusst: Du könntest die sein, die unseren Fluch beendet, die den Kreislauf aus Blut und Vergeltung bricht und den Umbruch bringt.“

EINE STUNDE NACH MITTERNACHT

AUFBRUCH

Den Umbruch, issch versteh nicht ganz", erwiderte ich zögerlich.

Atsu sah mich an. In seinen Augen tanzte die pure Freude. „Du hast um dich gekämpft. Bist für dich eingestanden. Das heißt also, das neue Zeitalter ist nun gekommen, in dem die Leute für sich selbst einstehen können, sich selbst wehren. Das bedeutet, wir werden nicht mehr gebraucht, wir fühlen es, der Fluch ist somit gebrochen und wir können nun für immer gehen."

DeBell nickte erleichtert. „Nach über hundert Jahren wollen wir ruhen. Wir sind müde und mehr als bereit dafür."

Meine Knie fühlten sich mittlerweile an wie Blei und ich wusste nicht, was ich sagen sollte. DeBell lehnte in Peters Armen und Adam hatte einen Arm um Cala und Atsu gelegt.

Die Truppe nickte sich voller Entschlossenheit zu.

Anschließend sah Atsu in die Runde.

„Es ist wahr", sagte er. „Nun kann ich den Wald nicht nur riechen, sondern mit allen Sinnen spüren. Ich höre meine Ahnen nach mir rufen. Ich höre sie, sie freuen sich. Darunter ist der Ruf meines Bruders, ich kann hören, wie er lacht. Vor Freude." Für einen Moment schwiegen sie. Nur die Schreie des noch lebenden Publikums hallten durch das Zelt.

„Und nun, Captain ...", sagte DeBell mit erstickter Stimme zu Peter. „Es wird Zeit. Flieg uns ... nach Hause."

Peter nickte knapp und rückte seine Fliegerbrille zurecht.

Die Fliegerhaube ... Und das Rauschen der Motoren ... War das hier etwa ein Luftschiff? Aber wie ... Ich schaffte es nicht, einen klaren Gedanken zu fassen. Peter kam auf mich zu und fasste mich sanft an beiden Schultern. Er wirkte freundlich und nahbar. Der Griesgram war verschwunden und nur die roten Spritzer in seinem Gesicht erinnerten noch an die Kehlen zerfetzende Bestie, die er vor wenigen Minuten noch gewesen war. „Auch ich möchte mich bei dir entschuldigen." Er bot mir seine Hand an und ich schüttelte sie zögerlich. „Ich hab es dir nicht leicht gemacht. Und das tut mir leid. Ich hoffe sehr, mit einer kleinen Geste meinerseits, das wiedergutzumachen, was wir dir genommen haben …" Ich versuchte an Klick-Luck zu denken, den sie mir genommen hatten, doch der Gedanke an ihn entglitt mir wieder. „Wasch gür einsche Geschte?", fragte ich Peter.

Da bemerkte ich es. Ich lallte! Und Peters Miene wurde schuldbewusst. Der Knochentee … Es war, als zeigte er nun seine finale Wirkung. Da er womöglich auch im Nebel steckte, war er wohl auch mit der einen Tasse, die Peter mir gegeben hatte, zu viel des Guten. „Aber vorerst, auch das hier tut mir leid.", hörte ich ihn sagen und zur selben Zeit legte sich ein weißer Schleier über meine Augen und Peter verschwamm. „Oje Verdammscht!", nuschelte ich. Dieser verfluchte Tee … im wahrsten Sinne des Wortes.

Deswegen hatten sie mir den Tee erst vor meiner Vorstellung gegeben, damit er seine vollendende Wirkung entfalten konnte, und zwar zum richtigen Zeitpunkt.

„Lebewohl, Grace", hörte ich Peters und Atsus Stimmen sagen.

„Mach's gut, und danke." DeBells Stimme.

Jemand strich mir liebevoll über meine Wangen. Cala?

„He … Wartlelt …", hörte ich mich nuscheln und versuchte mit den Armen zu rudern, um gegen die tiefschwarze Nacht zu kämpfen, die über mich hereinbrach.

Ich wollte bleiben, ich hatte ihnen doch noch so viel zu sagen.

Dann stürzte ich ins Leere und die Todesschreie des verbliebenen Publikums verstummten.

EINIGE STUNDEN NACH MITTERNACHT

EIN LETZTER FLUG

Die kühle Morgenluft weckte mich, sie strich sachte über mich. Ich schlug die Augen auf und sah den freien Himmel. Der Morgen graute noch nicht. Ich war also noch nicht lange bewusstlos gewesen. Mir schwirrte noch leicht der Kopf, als ich mich umblickte. Ich fand mich an der Stelle wieder, an der das Zelt gestanden hatte. Dieses war … verschwunden. Mitsamt der Truppe, dem Direktor und den Menschen, die sich darin befunden hatten. Als ich aufstand, fiel neben mir etwas Weiches zu Boden. Es war Klick-Lucks Täschchen. Jemand musste es mir umgehängt haben. Mein Herz begann höher zu schlagen.

Und darin bewegte sich etwas. Da fiel es mir wieder ein. Das, was Peter mir zum Abschied gesagt hatte. *Ich hoffe sehr, mit einer kleinen Geste meinerseits, das wiedergutzumachen, was wir dir genommen haben …*

Konnte das wahr sein? Ich stieß es sanft mit meiner Schuhspitze an und der Inhalt zuckte zurück. Ich fühlte es, ich fühlte, wie etwas darin kräftig strampelte und schnaubte. Mit zitternden Händen öffnete ich den Beutel des Täschchens und schon sprang Klick-Luck heraus. Peter. Er musste es geschafft haben, ihn wieder zu aktivieren! Für einen Moment blickte er mich an und legte skeptisch den Kopf schief. Und ein Gedanke der Unsicherheit schlich sich ein. Ich wusste nicht, ob mechanische Hunde wie Klick-Luck, nachdem sie einmal erst abgeschaltet wurden, sich an das Davor erinnern konnten. Klick-Luck lief auf mich zu, doch anstatt mir in die Arme zu springen, biss er mir vorsichtig in den Knöchel. Daraufhin heulte ich auf, mehr vor Freude als vor Schmerz, und schloss ihn in meine Arme und er ließ es zu. „Klick-Luck, mein Freund, ich bin so froh, dich zu sehen! Ich hab dich so unglaublich lieb!"

Ich küsste ihn und hielt ihn fest, während er zufrieden mit seinem Schwänzchen wedelte.

Als wir so da saßen und uns herzten, merkte ich, wie mir der Schädel brummte. Es surrte. Bis ich merkte, das war nicht in meinem Kopf, sondern über mir. Ich schaute in den Himmel und glaubte, ich träumte.

Ein kohleschwarzes Luftschiff, das sich majestätisch in die Luft erhob und den immer heller werdenden Himmel ansteuerte. Und als es den Mond erreichte, begann es sich Stück für Stück aufzulösen. Es wurde zu Staub. Die Freak-Truppe, die Menschen, die Fotos an den Wänden, die Manege, die Bühne, all das ging ein in die Ewigkeit.

Und ich stand einfach nur da, in der Asche meines alten Ichs, und sah zu, wie das Gefährt für immer verschwand.

„Danke, Peter", flüsterte ich leise. Dann umarmte ich Klick-Luck und weinte vor Freude. Ich war frei, frei von Lord Robert und seiner Tyrannei. Mein Leben gehörte wieder mir. Klick-Luck schmiegte sich an mich und legte sein Köpfchen an meine Stirn.

DER TAG DANACH

SOL

Das letzte kleine schwarze Tüchlein der Nacht zog über das Himmelszelt dahin und machte Platz für einen neuen Tag. Nichts deutete mehr auf den Zauber hin, der vor wenigen Augenblicken zur Neige gegangen war.

Nachdem ich mich wieder gesammelt und die Tränen wegewischt hatte, blickte ich in zwei wasserblaue Augen. Sie gehörten jenem Mädchen, das während der Show so bitterlich geweint hatte. Sie saß unweit von mir neben dem leeren Zeltplatz und hielt sich den Kopf. Ich lief zu ihr und half ihr auf. Sie hatte den Ort genauso wenig gewollt wie ich, daher überraschte es mich nicht, sie lebendig und unversehrt vorzufinden, aber ich war darüber sehr froh und mein Herz schlug wild.

Sie lächelte mich zaghaft an. „Wo ist dein Hut?", fragte sie mich. Ich sah mich um. Ich wusste sogar noch, wo ich ihn gelassen hatte. DeBell hatte ihn mir bei meinem Schminkplatz abgenommen. Da lag er wohl nicht mehr. Doch ich vermisste ihn kein Stück, ich brauchte ihn nicht mehr, denn es gab nichts, was ich verstecken müsste.

„Hab ihn wohl verloren", antwortete ich nur, denn ich wusste nicht, was sie von der Show alles mitbekommen hatte.

Sie errötete. „Ohne Hut gefällst du mir noch besser", sagte sie und lächelte ihr bezauberndes Lächeln. Jetzt war ich es, die spürte, wie mir die Röte ins Gesicht schoss.

„Ich bin froh, dass du hier bist und dass es dir gut geht", fügte sie hinzu.

„Ebenso", stammelte ich und meinte es auch so. Um eine peinliche Pause zu vermeiden, streckte ich ihr die Hand hin.

„Ich heiße übrigens Grace."

Sie ergriff sie. „Ich bin Sol. Einfach nur Sol", hauchte sie.

In dem Moment brach die Morgensonne über uns herein und tauchte alles in ein goldenes Meer aus Licht.

Sol, dachte ich begeistert. Ich wusste, was der Name außer Sonne noch bedeutete. Frieden.

DER TAG DANACH

EIN MYTHOS

Wir wollten uns gerade aufmachen und den Jahrmarkt verlassen, der in wenigen Stunden wieder in Betrieb genommen werden würde. Doch jemand hatte uns bemerkt. Helle Nachtlampen blendeten uns, die sich uns auf Rädern in hoher Geschwindelt näherten.

Die Polizei kam.

Drei Männer und eine Frau stiegen aus einer Kutsche.

Erwartet wurden sie von einem älteren Herrn in blauer Arbeitskleidung und Mütze.

Er ruderte mit den Armen und zeigte mit dem Finger auf den leeren Zeltplatz. „Ja, wenn ich es doch sage! Das Zirkuszelt hat sich in ein riesiges Luftschiff verwandelt! Es schwebte bis zum Mond und hat sich dann in Asche aufgelöst!“, rief er aufgebracht. „Und ich sage Euch, ich …“ Er stockte, als er uns sah. Auch die Polizei machte große Augen, als sie mich und Sol erblickte. Obwohl es schon hell war, hatten sie Nachtlaternen mitgebracht und leuchteten in unsere bleichen Gesichter.

„Meine Damen, was machen Sie hier?“, sagte einer von ihnen. „Der Jahrmarkt hat schon seit Stunden geschlossen …“

„Wir … waren bei einer … Freakshow. Und sind hier aufgewacht.“ Ich zögerte.

Die Männer wechselten irritiert die Blicke. Der Mann im blauen Anzug wurde bleich.

„Aber Miss“, sagte einer der Polizisten ungläubig, „diese Shows gibt es schon seit vielen Jahren nicht mehr, außerdem sind sie mittlerweile verboten und unerwünscht.“

„Es macht alles Sinn!", mischte sich der Mann im blauen Anzug ein und strich sich immer wieder über seinen grauen Spitzbart. „Ich als Platzmeister dieses Jahrmarkts kenne diese Gespenstergeschichten, seit ich hier arbeite. Und heute wird mir klar, sie sind alle wahr!", rief er außer sich.

„Bei unserem lieben König, Mann! Was erzählt Ihr da?", fragte einer der Polizisten. Der alte Platzmeister sammelte sich kurz, nahm seine Mütze von seinem kahlen Kopf. Dann begann er zu erzählen.

„Vor etwa hundert Jahren gab es eine Freakshow, so erzählte man es sich. Zu ihrer Zeit wurde sie von vielen geliebt, aber auch von einigen gehasst. Und geführt wurde sie von einem grausamen Direktor. Er züchtigte und misshandelte die unglücklichen Seelen, die in seiner Show auftraten. Sie waren sein persönliches Eigentum. Eines Nachts, so heißt es, hatten die sogenannten Freaks die Schnauze voll und versuchten zu fliehen, dabei kam es zu einem Kampf mit dem Direktor. Kurz darauf brach ein Feuer aus. Und es zerstörte das gesamte Zelt, bis nichts mehr davon übrig blieb. Die Feuerwehrleute rückten an. Doch da erhob sich vor ihren Augen ein Luftschiff, mitten aus der Asche, und flog in die Nacht. Nach der Löschung des Brandes sollen keine Leichen gefunden worden sein.

Und heute, als alter Mann, sah ich dieses Luftschiff mit eigenen Augen. Ich schwöre es bei unserem lieben König und bei der Mutter Erde! Wenn dieses verfluchte Ding nicht diese unglückseligen Leute mitgenommen hat, dann weiß ich auch nicht! Achtet auf die Asche, ich habe es genau gesehen, wie die Asche hier auf die Erde fiel!" Er schlug die Hände über seinem Kopf zusammen.

Da wurde mir klar, wie unglaublich meine Geschichte in den Ohren der Polizei klingen musste.

Auch wusste ich nicht, wie viel Sol mitbekommen hatte, aber ich wusste, das mit dem Luftschiff konnte sie nicht gesehen haben.

So langsam fragte ich mich auch, ob ich mir das nicht einfach nur eingebildet hatte. Doch wo waren dann die anderen Menschen hin und Lord Robert? Ich warf Sol einen Blick zu und sie mir ebenfalls. Und dann, als verstanden wir einander ohne Worte, erzählten wir der Polizei Folgendes:

Nämlich, dass wir uns an nichts Genaues erinnern konnten, aber von unseren Begleitern jede Spur fehlte. Wie von dem Zelt, in dem wir gewesen waren. Unsere Angehörigen nicht als vermisst zu melden, wäre äußerst unklug, gar verdächtig gewesen, egal wie abstrus die Wahrheit dahinter auch war. Denn diese Leute würden nun für immer verschwunden bleiben. Oder?

Ich fragte mich, ob der Tee nicht auch Halluzinationen in mir ausgelöst hatte. Ich erinnerte mich aber, dass es dem Publikum auch so ergangen war, und der große, dampfende Knochenteekessel am Herd kam mir in den Sinn. Konnte es möglich sein, dass sie den Dampf nutzten und so den Nebel erzeugten? Aber wie war das denn möglich?

Aber was, wenn vieles davon, die Verwandlungen, der tote Direktor, die Geister, wirklich nur in meinen dunkelsten Vorstellungen existiert hatte?

Die Beamten fanden es aber dennoch seltsam, dass man uns Damen einfach hier zurückgelassen hatte. Also suchten sie zur Sicherheit den Jahrmarkt ab. Und das gründlich. Sie drehten jeden Stein um.

Schlussendlich fanden sie nichts und so konzentrierten sie sich auf den Platz, wo das Zelt gestanden hatte. Sie bohrten in der kahlen Erde und beäugten noch einmal den Platz.

Immer wieder schüttelten sie dabei müde ihre Köpfe.

„Weit und breit nichts Verdächtiges zu sehen“, hörte ich sie einander zumurmeln. „Kein Blut … und auch keine Asche.“

„Und das verschwundene Zelt … Die werden einfach weitergezogen sein. Das machen Wanderzirkusse nun mal.“

Ein anderer sagte. „Die Damen werden wohl etwas über den Durst getrunken haben. Und was die anderen Gäste betrifft, die sind sicher schon wohlbehalten daheim und manche von ihnen machen sich bestimmt schon große Sorgen, wo die zwei Damen denn geblieben sind.“

Und auch die Aussage des Platzmeisters belächelten sie. Sie glaubten ihm nicht. Gut für uns, das ersparte uns eine Menge unangenehmer Fragen, die nicht zu beantworten waren.

„Was für ein Unfug, wenn Ihr mich fragt, Herr Kollege“, hörte ich sie. “ Ein Luftschiff, das ein ganzes Zirkuszelt davonträgt und einfach so Leute vom Erdboden weg verschlingt“, sagten sie.

Der letzte Satz ließ mich erschaudern. Als hätte man mir Eiswasser über den Rücken geschüttet. Ich musste dabei an den Nebel und an Adams riesigen Mund denken.

Der andere Polizist nickte seinem Kollegen zu. „Lächerlich, einfach nur lächerlich.“

Daraufhin wurden wir entlassen und was ich spürte, war erstmalig Erleichterung. Als hätte man mir einen schweren Fels von der Brust geschoben und ich atmete das erste Mal seit einiger Zeit wieder frei.

Man bestellte uns Kutschen, die uns nach Hause bringen sollten. Als ich einstieg, verspürte ich einen Stich in die Seite.

Etwas in meinem Jäckchen pikste mich. Ich griff hinein und staunte, als ich meine Handfläche öffnete.

Die vergoldete Fee! Ich konnte nicht glauben, was ich da sah, und drehte sie von allen Seiten.

Ja, sie war es, eindeutig!

Er hatte mir nicht nur Klick-Luck gesund und munter zurückgegeben, sondern mir auch noch seine Fee geschenkt. Ich wollte sie bei mir behalten, als eine Erinnerung an meinen Vater, denn nun hatte ich letztendlich doch etwas von ihm zurückbekommen. Sie war aber auch eine Erinnerung an die Nacht, in der ich für mich selbst eingestanden hatte

Ich schloss die Hand und hielt die Fee fest.

Die Kutsche ratterte und der Regen prasselte, als ich zurück in die Pension fuhr.

Kurz bevor ich zu Bett ging, vergewisserte ich mich, ob die Fee noch da war. Und sie befand sich immer noch in meiner Jacke. Ich starrte sie noch lange an. Sie war real.

Nicht alles schien wohl Illusion gewesen zu sein. Aber was nun tatsächlich passiert war und was ich mir vielleicht doch eingebildet hatte, würde wohl für immer ein Rätsel bleiben.

JAHRE SPÄTER

Die Zeit fegte über den mittlerweile verwaisten Stuhl des Bürgermeisterkandidaten hinfort. Lord Robert war, genau wie die anderen Gäste, und wie die Polizei fälschlicherweise behauptet hatte, nicht nach Hause gegangen.

Auf Sol wartete daheim auch nicht ihr Patenonkel und auch sonst kam nie wieder einer von ihnen heim.

Sie blieben verschwunden.

Die Toten blieben tot.

Keine Knochen wurden gefunden.

Nach dieser schicksalshaften Nacht schrieb ich mich noch am Tag darauf an der Universität ein. Ich wollte Journalismus studieren. Ehrlich gesagt, konnte ich es kaum erwarten. Denn ich hatte eine Stimme und diese wollte ich mit der Feder nutzen. Und das tat ich. Zusammen mit meiner Ehefrau Sol. Sie und ich, wir trafen uns etwa einen Monat nach den Geschehnissen wieder.

Sie glaubte mir jedes Wort, als ich ihr erzählte, was ich erlebt und gesehen hatte. Sie selbst hatte nur mitbekommen, wie der Nebel aufgekommen war und Leute verspeist hatte. Auch sie ließ das Thema nie wieder los.

Aber das gelbe Zelt mit den blutroten Fahnen sollte nie wieder auftauchen.

Es stellte ein großes Rätsel dar und zusammen mit der Geschichte des Platzmeisters wurde ein längst vergessener Mythos zum Leben erweckt. Er zog wie ein warnender Nachruf aus den Gräbern heraus und in die richtigen Kreise ein. Das Ereignis sprach sich immer mehr herum und meiner Recherche nach, ging die Zahl der verbotenen Freakshows und Menschenzoos immer mehr zurück.

Und eine Frage ließ mich lange nicht los: Was hätte aus ihnen wohl werden können? DeBell, Cala, Soutaine, Atsu, Peter, Adam und alle die anderen, die ein ähnliches Schicksal erlitten. Sie wären zumindest noch bei ihren Liebsten gewesen. Stattdessen waren sie aus ihren Familien gerissen worden, aus ihrem Umfeld. Auch sie waren bestimmt geliebt und vermisst worden. Es gab so viele Opfer. All dieses Unrecht an den Menschen wäre vielleicht nie geschehen, wenn die Gesellschaft nicht wegesehen hätte. Ihre Stimmen waren nie gehört worden. Es war niemand da gewesen, der sie gerettet hätte.

Mein Leben war in Flammen aufgegangen, doch sie hatten es mir zurückgegeben. Durch sie lebte ich frei, durch sie lernte ich meine Liebe kennen und durch sie musste ich um mein Leben nie wieder fürchten. Mein Onkel war für immer fort. Durch sie konnte ich ich sein. So wollte ich auch etwas für sie tun.

Ich begann meine Fähigkeiten als Journalistin zu nutzen. Sol und ich wühlten und forschten in Archiven des Empires und reisten durch Europa.

Wir rollten das dunkle Kapitel der Freakshows auf, holten alle dokumentierten Fälle hervor und verknüpften diese, gaben den Opfern der Freakshows ihre Geschichten zurück und machten somit auch auf die aktuellen Missstände aufmerksam, indem ich Artikel darüber schrieb. Und mit der Zeit verschwanden die verbotenen Shows ganz. Und ich begann zu verstehen, was DeBell und Atsu mit dem Beginn eines neuen Zeitalters und dem Umbruch gemeint hatten.

Und dann, eines Tages, fand eine Forschergruppe die Gebeine meiner Vorgängerin. Wir erfuhren es aus der Zeitung. Man fand sie in einem nördlichen Land auf einem Dachboden einer medizinischen Einrichtung, immer noch umrahmt von dem alten Gefängnis aus altem Glas. Sol und ich reisten in den Norden und ließen meine Vorgängerin nach Mexiko überstellen.

Zu ihrem Begräbnis kamen überraschend viele Menschen. Ihre Geschichte hatte sich herumgesprochen. Nachfahren und andere Menschen, die von ihrer Geschichte erschüttert waren, kamen, wie auch wir.

Man beerdigte sie in einem schneeweißen Sarg mit ebenso weißen Rosen.

Nach all der langen Zeit erhielt sie endlich ein würdevolles Begräbnis. Und so, hoffte ich, fand auch sie, wie all die anderen, endlich Ruhe.

DIE AUTORIN

Ella Smoke ist die Autorin mit dem Knochentee. Ella wurde mitten in einer Halloweennacht in Österreich geboren und wohnt mit ihrem Ehemann in Wien. Ella schreibt ihre dunklen Geschichten nicht nur, sie lebt sie auch. Wenn sie schreibt, trinkt sie dazu gerne Knochentee, der sie zum Schreiben finsterer Geschichten inspiriert.

DANKSAGUNG

Ich glaube diese Zeile reichen nicht aus, um auszudrücken, wie dankbar ich bin, dass ihr, liebe Leserschaft, Grace bis ans Ende der Nacht begleitet habt.

Die Recherche zu dieser Geschichte hat viel Überwindung gekostet, denn wenn man zwischen den Zeilen der Historie der Freakshows liest, findet man viele Schicksale, über die heute noch kaum gesprochen wird, denn ihre Stimmen wurden dazu nie gehört, sie hatten nie eine Wahl, nie eine Stimme, weil man sie an den Rand der Schichten gedrängt hat, enteignet, entrechtet, oft von Geburt an, und zuletzt verdrängt und vergessen.

Besonders getroffen hat mich Julia Pastranas Schicksal. Die Ausbeutung und Missbrauch von diesen Menschen ist für immer ungesühnt und daher finde ich sollten sie auch nicht vergessen werden. Ebenso nicht wie Menschen indigener Bevölkerungen, die aus ihrem Umfeld gerissen wurden und in Menschenzoos gesteckt wurden. Nein, selten wurden diese Menschen alt. Man tat ihnen weh, sperrte sie ein, zur Belustigung anderer. Weil sie anders waren. Weil sie nicht der sogenannten Norm entsprachen, durften sie nicht frei sein, glücklich sein.

Deswegen ist die Geschichte entstanden, um diesen ebenfalls dunklen Fleck unserer Menschenvergangenheit nicht zu vergessen.

Diese Geschichte ist meine erste, die ich je zu Ende geschrieben habe und die ich beinahe nicht in die Hände meiner Verlegerin gelegt hätte, wäre da nicht mein wunderbarer Mann gewesen, der mich dazu ermutigt hatte und für das bin ich ihn unglaublich dankbar. Danke für die langen Gespräche, Brainstormings, für das beste Testlesen und stets ehrlichen Worte. Danke für jeden Weg, den du mit mir beschreitest, ich hab dich zum Fressen gern!

Ich danke meiner Familie für die Geduld, Sabrina H, Marion B und Grimm für das erste Testlesen, Tino Falke für das Korrektorat, danke euch für eure ehrliche Kritik.

Großer Dank gilt auch meiner wunderbare Schreibgruppe, die sogar am Wochenende für mich Zeit hatte und mich motivierte. Von euch lerne ich so viel und ich fühle mich gesehen.

Besonderes Dankeschön und Umarmungen gehen raus an Nora Bendzko (vielen Dank auch für das tolle Sensitivity Reading, ich wusste von Anfang an, du wirst großartig sein), Iva Moor, Eleanor Bardilac, Thea H. Suh, Ivi, Resa, Anna Zabini. Bleibt weiterhin laut und wunderbar, oida!

Ein großer Dank gilt auch dem ohneohren Verlags-Discord Server, auf man mir den Steampunk näherbrachte, ohne euch hätte ich Klick-Luck nicht so viel Leben einhauchen können.

Danke an das Team Verlag ohneohren. Birgit für das Lektorat, du rockst, und besonderer Dank gilt meiner Verlegerin Ingrid, die gesagt hat, dass die einstige Kurzgeschichte nicht reicht und ich eine ganze Geschichte draus machen soll, danke für deinen unermüdlichen Einsatz, auch bei Nacht!

Danke an euch alle und ich schwöre euch, ich werde euch niemals Knochentee anbieten, versprochen!

CONTENT NOTES

Hinweise zum Inhalt

- Gewalt
- Ableismus, ableistische Sprache, internalisierter Ableismus
- Mikro- und Makroaggressionen, Rassismus
- Toxische Familienbeziehung, psychologischer Missbrauch durch Mutter
- Manipulation (Gaslighting)
- Bodyshaming
- Drogenkonsum (erwähnt), Tabakwaren
- Euthanisie (erwähnt)
- Waffengewalt, Kinder mit Waffen
- Menschenhandel, Sklaverei
- Sexismus, Misogynie, Queermisia
- Sexuelle Anspielungen/Belästigung
- Essen, Hunger, Emetophobie
- Tod geliebter Menschen (erwähnt), Störung der Totenruhe (erwähnt), vermeintlicher Tod eines Haustieres (mechanisch)
- Gewalt an verstorbenen Kindern (erwähnt), Kindstod (erwähnt)
- Blut
- Mord (angedeutet), vermutlicher Selbstmord (angedeutet)
- Folter
- Kannibalismus